겨울 여행/어제 여행

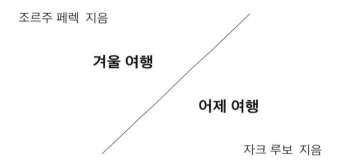

조르주 페렉 지음

겨울 여행

어제 여행

자크 루보 지음

김호영 옮김

문학동네

김호영

한양대학교 프랑스언어문화학과 교수

조르주 페렉 선집을 펴내며

조르주 페렉은 20세기 후반 프랑스 문학을 대표하는 위대한 작가다. 작품활동 기간은 15년 남짓이지만, 소설과 시, 희곡, 시나리오, 에세이, 미술평론 등 다양한 장르를 넘나들며 전방위적인 글쓰기를 시도했다. 1982년 45세의 나이로 생을 마감할 무렵에는 이미 20세기 유럽의 가장 중요한 작가 중 한 사람으로 평가받았다. 시대를 앞서가는 도전적인 실험정신과 탁월한 언어감각, 방대한 지식, 풍부한 이야기, 섬세한 감수성으로 종합적 문학세계를 구축한 대작가로 인정받았다.

　　문학동네에서 발간하는 조르주 페렉 선집은 한 작가를 소개하는 것에서 한 걸음 더 나아가 독자들의 기억에서 어느덧 희미해진 프랑스 문학의 진면목을 다시금 일깨우는 계기가 될 것이다. 특히 20세기 후반에도 프랑스 문학이 치열한 문학적 실험을 벌였고 문학의 새로운 지평을 개척하기 위해 각고의 노력을 기울였다는 사실을 생생히 전해주는 소중한 자산이 될 것이다. 근래에 프랑스 문학이 과거의 화려한 명성을 잃고 적당한 과학상식이나 기발한 말장난, 가벼운 위트, 감각적 연애 등을 다루는 소설로 연명해왔다는 판단은 정보 부족으로 인한 독자들의 오해에서 비롯된 것이다. 지난 세기말까지도 일군의 프랑스 작가들은 고유한 문학적 전통을 이어가는 동시에 그것을 뛰어넘기 위해 다양한 글쓰기를 시도해왔다. 그리고 그 최전선에 조르주 페렉이란 작가가 있었다.

이번 선집에 수록된 작품들, 『잠자는 남자』『어렴풋한 부티크』 『공간의 종류들』『인생사용법』『어느 미술애호가의 방』『생각하기 / 분류하기』『겨울 여행 / 어제 여행』 등은 페렉의 방대한 문학세계의 일부를 이루지만, 그의 다양한 문학적 편력과 독창적인 글쓰기 형식을 집약적으로 보여주는 중요한 작품들이다. 이로써 우리는 동시대 사회와 인간에 대한 그의 예리한 분석을, 일상의 공간과 사물들에 대한 정치한 소묘를, 개인과 집단의 기억에 대한 무한한 기록을, 미술을 비롯한 예술 전반에 대한 해박한 지식을 만날 수 있다. 20세기 후반 독특한 실험문학 모임 '울리포OuLiPo'의 일원이었던 페렉은 다양한 분야와 장르를 넘나들며 문학의 영역을 확장하는 데 도움이 될 만한 기발한 재료들을 발견했고, 투철한 실험정신을 발휘해 이를 작품 속에 녹여냈다. 그러나 그가 시도한 실험들 사이사이에는 삶의 평범한 사물들과 일상의 순간들, 존재들에 대한 따뜻한 시선이 배어 있다. 이 시선과의 마주침은 페렉 선집을 읽는 또하나의 즐거움이리라.

수많은 프랑스 문학 연구자들의 평가처럼, 페렉은 플로베르 못지않게 정확하고 냉정한 묘사를 보여주었고 누보로망 작가들만큼 급진적인 글쓰기 실험을 시도했으며 프루스트의 섬세하고 예리한 감성을 표현해냈다. 그 모두를 보여주면서, 그 모두로부터 한 발 더 나아가려 했던 작가. 20세기 중반 이후 서구 작가들이 형식적으로든 내용상으로든 더이상 새로운 것을 만들어낼 수 없다는 자조에 빠져 있을 때, 페렉은 아랑곳하지 않고 문학의 안팎을 유유히 돌아다니며 '익숙하면서도 새로운' 무언가를 만들어 독자들 앞에 끊임없이 펼쳐보였다. 페렉 문학의 정수를 담고 있는 이번 선집은 20세기 후반 프랑스 문학이 걸어온 쉽지 않은 도정을 축약해 제시하는 충실한 안내도 역할을 해줄 것이다. 나아가 언젠가부터 새로움을 기대하기 어려워진 우리 문학에도 분명한 지표를 제시해줄 것이다.

차례

일러두기

1. 이 책은 1997년판(Georges Perec & Jacques Roubaud, *Le Voyage d'hiver/Le Voyage d'hier*, Paris: Le Passeur)을 저본으로 하되, 최근에 나온 2013년판(Georges Perec/OuLiPo, *Le Voyage d'hiver & ses suites*, Paris: Seuil)을 참조했다. 각 글의 출판본과 관련한 자세한 내용은 이 책「작품 해설」앞부분을 참조하기 바란다.

2. 여기에 실린 주는 모두 옮긴이주이다.

3. 책제목이나 외래어 이외에, 원서에서 특별히 이탤릭체로 표시한 곳은 본문과 다른 명조체로, « »로 강조하거나 인용한 부분은 문맥에 따라 ' ' 또는 " "로 표시했다. 자크 루보의「어제 여행」에서 본문에 별도로 작가가 작은 글씨로 첨언한 곳은, 원서와 마찬가지로 작은 글씨로 표시했다.

4. 단행본이나 잡지는 『 』로, 논문은 「 」로, 노래, 그림, 공연 등은 〈 〉로 표시했다.

조르주 페렉

겨울 여행

1939년 8월 마지막 주, 전쟁 소문이 파리를 감싸고 있던 즈음에 젊은 문학선생 뱅상 드그라엘은 그의 동료 중 하나인 드니보라드의 부모님이 소유한 르아브르 인근의 한 대저택에 초대받아 며칠 동안 머물렀다. 그 집을 떠나기 전날 밤 드그라엘은, 우리가 항상 읽고자 다짐하지만 보통은 브리지 게임의 네번째 판을 하러 가기 전 벽난로 앞 구석에서 건성으로 훑어보고 마는 그런 책 중 하나를 찾아 집주인의 서재를 뒤적거리다가 『겨울 여행』이라는 제목의 얇은 책 한 권을 손에 쥐게되었다. 위고 베르니에라는 저자의 이름은 전혀 들어본 적이없었지만 처음 몇 페이지를 읽자마자 그는 아주 강렬한 인상을 받았고, 황급히 그의 친구와 친구 부모에게 용서를 구하고 책을 읽으러 방에 올라갔다.

　『겨울 여행』은 일인칭 시점으로 쓰인 일종의 소설이었고, 반쯤은 상상으로 만들어낸 어느 지역이 배경이었는데, 무거운 하늘, 어두운 숲, 부드러운 능선의 구릉들, 초록빛 수

문들이 가로놓인 운하들은 은밀하면서도 반복적으로 플랑드르 지방이나 아르덴 지방을 떠올리게 했다. 책은 두 부로 나뉘어 있었다. 좀더 짧은 제1부는 외관상 통과의례처럼 보이는 한 여행을 매 단계마다 체스 말이 움직였던 것처럼 수수께끼 같은 언어로 따라갔고, 모든 정황상 젊은이로 짐작되는 익명의 주인공인 한 남자가 여행 막바지에서 짙은 안개에 쌓인 한 호숫가에 다다라 있었다. 뱃사공 하나가 거기서 젊은이를 기다리고 있다가, 높다랗고 어두운 석조 건물 하나가 서 있는, 깎아지른 듯한 작은 섬으로 그를 데려갔다. 젊은 남자가 섬의 유일한 출입구인 좁은 부교 위로 간신히 발을 옮겨놓자, 낯선 남녀 한 쌍이 그곳에서 모습을 드러냈다. 나이든 남녀였는데, 둘 다 기다란 검은색 망토를 두른 채 마치 안개 속에서 불쑥 나타난 듯 청년에게 다가와 양옆에 서더니, 팔꿈치를 잡고 그의 옆구리에 최대한 몸을 바짝 붙였다. 세 사람은 거의 용접이라도 된 듯 서로 몸을 붙인 채 허물어진 오솔길을 올라갔고, 건물로 들어가 나무 계단을 기어올라 어느 방에 다다랐다. 거기서 그 노인들은 나타날 때와 마찬가지로 불가사의하게 사라져버렸고, 청년은 방 한가운데에 홀로 남겨졌다. 방에 놓인 가구들은 단출했다. 꽃무늬 무명천으로 덮인 침대 하나와 탁자 하나, 그리고 의자 하나가 전부였다. 벽난로에는 불이 지펴져 있었다. 탁자 위에는 식사가 준비되어 있었는데, 누에콩 수프와 소 살코기 요리였다. 방 위쪽에 난 창문 너머로, 청년은 구름 속에서 보름달이 떠오르는 것을 보았다. 그러고는 탁자에 앉아 음식을 먹기 시작했다. 바로 이 고독한 식사와 함께 제1부가 끝을 맺었다.

제2부는 그 자체만으로 책의 약 오분의 사에 해당하는 분량이었고, 그전에 기술된 제1부의 짧은 이야기는 단지 구실에 불과한 에피소드였음을 금세 알아챌 수 있었다. 제2부의 내용은 시와 수수께끼 같은 격언들과 불경한 주술들로 뒤섞인, 격앙된 서정으로 쓴 긴 참회록이었다. 그걸 읽기 시작하자마자 뱅상 드그라엘은 무어라 명확히 정의하기 힘든 어떤 불편한 감정을 느꼈는데, 점점 더 떨리는 손으로 책장을 넘길수록 그 감정만 뚜렷해질 뿐이었다. 마치 눈앞에 있던 문장들이 갑자기 그에게 친숙한 듯했고, 저항할 수 없을 정도로 강렬하게 무언가를 떠올리게 만드는 듯했으며, 문장 하나하나를 읽을 때마다, 거의 같은 것 같기도 하고 이미 어디선가 읽은 것 같기도 한, 어떤 문장에 대한 또렷하면서도 흐릿한 기억이 떠오르는 것처럼, 아니 그보다는 겹쳐지는 것처럼 느껴졌다. 애무보다 더 부드럽거나 독보다 더 해로운 이 언어들, 투명하거나 난해하고, 음란하거나 따뜻하며, 눈부시면서, 미로 같고, 환각에 사로잡힌 폭력과 놀라운 평정 사이에서 고장난 나침반 바늘처럼 끊임없이 흔들리는 이 언어들

13

14

은, 제르맹 누보와 트리스탕 코르비에르, 빌리에와 방빌, 랭
보와 베르하렌, 샤를 크로와 레옹 블루아가 뒤섞여 있는 듯
혼란스러운 형상을 어렴풋이 드러내는 것 같았다.

그의 관심 영역에는 정확하게 이 작가들—뱅상 드그
라엘은 수년 전부터 '고답파에서 상징주의에 이르는 프랑
스 시의 전개 과정'이라는 주제의 학위논문을 준비하고 있
었다—이 포함되어 있었다. 그는 실제로 연구 도중 우연히
이 책을 이미 읽었을 수도 있다고 생각했고, 그다음에는 좀
더 그럴듯하게, 그 자신이 기시체험 같은 착각의 희생자였
다고 생각했다. 차 한 모금의 음미가 갑자기 삼십 년 전의 영국
으로 당신을 데려가듯이, 이전의 독서에서 나온 허구적 기억
이 이중인화처럼 다가와 그가 행하던 독서를 혼란스럽게 만
들고 나아가 불가능하게 만드는 데에는, 그저 사소한 것 하
나, 소리 하나, 냄새 하나, 몸짓 하나, 아마도 책꽂이 선반에
서 베르하렌과 빌레그리팽 사이에 꽂혀 있던 그 책을 꺼내기
전에 그가 잠깐 주춤했던 그 순간이나, 책의 첫 몇 장을 빠르
게 읽어내려갔던 그의 갈급한 독서법이면 충분했을 것이다.
하지만 그러한 의혹은 곧 불가능한 것이 되었고, 드그라엘은
명백한 사실을 인정할 수밖에 없게 되었다. 물론 어쩌면 그
의 기억이 그를 골탕먹이는 것일 수도 있었고, 어쩌면 베르
니에가 "돌무덤들을 드나드는 건 자칼들뿐"[1]이라는 그의 문

1 "Seul chacal hantant des sépulcre de pierre": 카튈 망데스Catulle Mendès(1843~1909)가 플로베르에게 쓴 시 「마지막 영혼La Dernière Âme」의 2연 1행을 차용한 것으로, 원 시구는 "Le seul chacal hantait le sépulcre de pierre"이다.

2 장 모레아스는 보들레르와 말라르메의 영향하에 1886년 「상징주의 선언문」을 발표하며 상징주의를 이끈 그리스 태생 프랑스 시인. 이후 신고전파를 만들어 고대로의 복귀를 주장하며 시집 『스탕스Les Stances』를 펴낸다. '스탕스'는 동형의 시절로 이루어진 종교적·윤리적·비극적 서정시를 가리킨다.

장을 카튈 망데스에게서 차용한 것처럼 보이는 것도 그저 하나의 우연일 뿐인지도 모르며, 어쩌면 우연한 만남, 공개적인 영향, 자발적인 오마주, 무의식적인 모사, 의도적인 패스티시, 인용의 취향, 즐거운 우연의 일치를 고려해볼 수도 있었겠고, 어쩌면 "시간의 비상," "겨울 안개," "어슴푸레한 지평선," "깊은 동굴들," "안개 낀 샘," "야생 초목들 사이의 흐릿한 불빛"과 같은 표현들은 모든 시인에게 정당하게 속하는 것이라 할 수 있으며, 따라서 그런 표현들을 위고 베르니에의 문장에서 발견하는 일이란 장 모레아스의 스탕스² 시구들에서 이것들을 발견하는 것만큼이나 아주 당연한 일일 것이다. 그러나 단지 마구잡이로 책을 읽는데도 여기저기에 랭보("나는 진실로 공장 자리에서 회교 사원을, 천사가 만든 북 학교를 보았다"³)나 말라르메("냉철한 겨울, 침착한 기예技藝의 계절"⁴)의 구절이 실려 있고 로트레아몽("나는 거울 속에서 나 자신의 의지로 상처 입은 그 입을 쳐다보았다"⁵)이나 귀스타브 칸("노래가 다 고갈되게 내버려두자…… 울고 있는 내 마음아 / 거무스름한 것이 명료한 빛 주위에 스미는구나. 장엄하도다 / 침묵이 천천히 차올랐으니, 그것이 두렵게 하는구나 / 개인적 물결의 친숙한 소리들이여"⁶)의 구절이 거의 혹은 완전히 글자 그대로 실려 있는 것을, 혹은 베를렌의 구절("한없는 것 속에 평원의 권태, 눈은 모래처럼 빛

15

---

3 "Je voyais (très) franchement une mosquée à la place d'une usine, une école de tambours faite par des anges...": 랭보의 『지옥에서 보낸 한 철』에 있는 「착란 II—언어의 연금술Délire II. Alchimie du Verbe」(1873)의 한 구절로, 페렉은 원문장에서 괄호 안의 부사 très를 빼고 차용했다.
4 "l'hiver lucide, saison de l'art serein": 스테판 말라르메의 「새봄Renouveau」(1866)의

시구에서 차용한 것으로, 원 시구는 "L'hiver, saison de l'art serein, l'hiver lucide"이다.
5 로트레아몽의 『말도로르의 노래』 「첫번째 노래 5」에 나오는 구절로, 페렉은 원문의 맨 마지막 느낌표를 빼고 차용했다.
6 귀스타브 칸의 「서창 4Mélopées IV」의 3연 1~4행이다. 1행 첫 시작에서 "그만!Assez!"이라는 구절을 빼고 차용했다.

낯네. 하늘은 구릿빛이었지. 기차는 속닥이는 소리도 없이 미끄러져갔네……")이 살짝 변형되어 실려 있는 것을 식별해내지 못한다는 건 절대적으로 불가능했다.

새벽 네시가 되어서야 드그라엘은 『겨울 여행』 독서를 끝냈다. 그는 차용구 서른 개 남짓을 책에 표시해두었다. 틀림없이 다른 차용구도 있었을 것이다. 위고 베르니에의 책은 단지 19세기 말 시인들의 경이로운 편집본, 기상천외한 모작, 거의 모든 조각이 타인의 작품인 모자이크에 불과해 보였다. 그런데 타인의 책들에서 자신의 텍스트 재료를 길어오고자 했던 이 미지의 작가에 대해 상상해보려 애쓰던 그 순간, 비상식적이면서도 경탄할 만한 이 계획에 대해 마음속으로 끝까지 재현해보던 바로 그 순간, 드그라엘은 그 안에서 충격적인 의심이 생겨나는 것을 느꼈다. 책꽂이 선반에서 책을 꺼낼 때 서지 정보를 확인하지 않고는 결코 문헌을 열람하지 않는 젊은 연구자의 반사적 행동에 따라 기계적으로 책 발행일을 확인했던 기억이 막 떠올랐던 것이다. 어쩌면 착각이었을 수도 있지만, 그는 분명히 '1864'로 읽었다고 여겼다. 떨리는 심정으로 확인해보았다. 그가 제대로 읽은 게 맞았다. 이것은 베르니에가 말라르메의 시구를 이 년 앞서 '인용'했고, 베를렌의 「잊힌 아리에타」를 십 년 앞서 표절했으며, 귀스타브 칸의 구절을 이십오 년 앞서 썼다는 것을 뜻했다! 다시 말해 이

---

7 "dans l'interminable / ennui de la plaine, / la neige (incertaine) / luisait(Luit) comme du sable. // Le ciel était couleur(est de) cuivre. (…) Le train glissait(glisse) sans un murmure": 폴 베를렌의 「말 없는 연가 8Romances sans paroles VIII」(1874) 1연 4행과 2연 1행에 「말린 Malines」(1872) 4연 1행을 섞어서 괄호 안의 원 시구에서 시제를 바꾸거나 어휘를 생략해 차용했다.

것은 로트레아몽, 제르맹 누보, 랭보, 코르비에르, 그리고 다른 많은 시인들이, 단 한 편의 작품 안에 이후 서너 세대의 작가들이 양분으로 삼을 열매들을 모아놓을 수 있었던 천재적이고 불우한 한 시인의 표절자에 지나지 않았음을 의미했다!

물론 적어도 작품에 찍힌 인쇄일이 거짓이 아니라는 한에서 말이다. 하지만 드그라엘은 이러한 가정을 고려해보는 것 자체를 거부했다. 그의 발견이 사실이 아니라고 하기에는 너무나 멋지고 너무나 명백하며 너무나 필연적이었기에, 이미 그는 이것이 불러일으킬 현기증나는 결과들을 상상하고 있었다. 이 '미리 앞서간 선집'의 대중 공개가 일으킬 전대미문의 스캔들, 엄청난 규모의 여파, 문학평론가들과 문학사가들이 수십 년 전부터 확고하게 공언해온 모든 것에 대한 방대한 재검토. 그는 결국 잠을 거부할 만큼 초조해졌고, 베르니에라는 작가와 그의 작품에 대해 조금이라도 더 알아내기 위해 서둘러 서재로 내려갔다.

그는 아무것도 찾아내지 못했다. 보라드 집안의 서재에 꽂혀 있는 몇 권의 사전과 문학 총람은 위고 베르니에의 존재를 모르고 있었다. 보라드의 부모도, 드니 보라드도 그에 대해 별다른 정보를 주지 못했다. 책은 십 년 전쯤 옹플뢰르의 경매장에서 구매한 것이었고, 그들은 특별한 주의를 기울이지 않은 채 그 책을 한번 훑어보았었다.

17

18

하루종일, 드그라엘은 드니의 도움을 받아 열 권 남짓의 문학 선집과 시 모음집에서 흩어진 작품 조각을 찾으며 작품에 대한 체계적인 검토를 진행했다. 그들은 대략 작가 서른 명의 작품에 흩어져 있는 작품 조각 약 삼백오십 개를 찾아냈다. 거기에는 19세기 말의 가장 유명한 시인들과 거의 알려지지 않은 시인들이 모두 포함되어 있었고 몇몇 산문가(레옹 블루아, 에르네스트 엘로)마저 있었는데, 그들은 『겨울 여행』을 자신들의 가장 훌륭한 작품의 원천이 된 성서로 삼은 것 같았다. 작품 속에는 방빌, 리슈팽, 위스망스, 샤를 크로, 레옹 발라드가 말라르메와 베를렌과 나란히 있었고, 샤를 포메롤, 이폴리트 바이양, 모리스 롤리나(조르주 상드의 피후견인), 라프라드, 알베르 메라, 샤를 모리스 혹은 앙토니 발라브레그 같은 지금은 잊힌 작가들도 있었다.

드그라엘은 수첩에 작가 목록과 그들이 차용한 구절들의 출전을 꼼꼼히 기록했다. 그리고 바로 다음날부터 국립도서관에서 그의 연구를 이어가리라 굳게 결심하며 파리로 돌아왔다. 그러나 시국時局이 이를 허락하지 않았다. 파리에서 징집장⁸이 그를 기다리고 있었던 것이다. 그는 콩피에뉴 전투에 동원되었고, 무슨 이유인지 깨달을 시간조차 없이 생장드뤼에 파병되었으며, 스페인으로 이동했고, 거기서 다시 영국으로 건너간 후, 1945년 말이 되어서야 프랑스로 돌아왔

8 feuille de route. 본래는 군대에서 개인적으로 여행하는 군인에게 발급되는 '여행허가증'을 뜻하나, 역사적으로는 이차대전 당시 프랑스 젊은 남성들에게 발급되었던 일종의 '징집장'을 가리킨다.

다. 전쟁 내내 그는 수첩을 꼭 챙겼고 기적적으로 그것을 잃어버리지 않는 데 성공했다. 연구는 물론 많이 진전되지 못했지만, 그럼에도 그는 중요한 사실 하나를 발견했다. 대영박물관에서 『프랑스 서점 총람』과 『프랑스 서지 목록』을 검토할 수 있었는데, 거기서 그는 자신의 놀라운 가설을 확인할 수 있었다. 즉 베르니에(위고)의 『겨울 여행』은 분명히 1864년 발랑시엔에서 인쇄업과 서적판매업을 겸하는 '에르베 프레르' 출판사에서 출간되었고, 프랑스에서 출간된 모든 작품처럼 출판물의 견본을 당국에 납본했으며, 국립도서관에 제출되어 분류기호 'Z 87912'를 부여받았다.

보베에 있는 학교에 선생으로 임명된 뱅상 드그라엘은 그후 모든 여가시간을 『겨울 여행』에 바쳤다.

19세기 말의 거의 모든 시인의 사적 일기와 서신에 대한 심도 있는 연구를 통해, 그는 얼마 후 위고 베르니에가 그가 마땅히 받아야 할 명성을 그 당시 누리고 있었다는 사실을 알아낼 수 있었다. "오늘 위고에게서 편지 한 통을 받았다"라든가 "위고에게 긴 편지 한 통을 썼다," "밤새 위고를 읽었다," 혹은 발랑탱 아베르캉의 유명한 문구 "위고, 오직 위고만이" 등의 메모는 단연코 '빅토르' 위고가 아니라, 짧은 작품 하나로 그것을 손에 넣은 모든 사람을 십중팔구 흥분으로 불타오르게 만들었을 이 저주받은 시인과 관련되어 있었을 것이다.

문학평론가와 문학사가가 결코 설명할 수 없었던 명백한 모
순들은 이처럼 단 하나의 논리적 해법을 찾게 되었고, 랭보
가 "나는 타자다"라고 쓰고 로트레아몽이 "시는 모두가 짓
는 것이지 한 사람이 짓는 게 아니다"라고 한 것도 위고 베
르니에와 그들이 빚지고 있던 『겨울 여행』에 대해 생각해보
면 분명해진다.

20

하지만 드그라엘이 19세기 말 프랑스 문학사에서 위고
베르니에가 틀림없이 차지했을 지배적인 위치를 강조하려
하면 할수록, 그에 관한 확실한 증거자료를 제시하기란 점점
더 어려워졌다. 왜냐하면 『겨울 여행』을 단 한 권도 손에 넣
을 수 없었기 때문이다. 그가 탐독했던 책은 르아브르 폭격
당시 별장과 함께 사라지고 말았다. 국립도서관에 제출했던
책도 그가 문의할 당시 제자리에 없었고, 오랜 추적 절차를
밟고서야 책이 1926년에 제본공에게 보내졌지만 막상 그 제
본공은 아예 수령조차 못했다는 것만 알아낼 수 있었다. 그
가 수십 명, 수백 명의 도서관 사서와 문서보관서 직원 및 출
판업자에게 의뢰했던 조사는 모두 무용한 것으로 드러났고,
얼마 지나지 않아 드그라엘은 이 작품으로부터 매우 직접적
으로 영감을 받았던 바로 그들이 『겨울 여행』 500부 출간본
을 의도적으로 파기해버렸음을 깨달았다.

위고 베르니에의 생에 대해, 뱅상 드그라엘은 아무것도,

거의 아무것도 알아내지 못했다. 단지 『프랑스 북부와 벨기에 출신의 위대한 인물전』(베르비에르, 1882)이라는 한 모호한 책자에서 뜻밖에 찾아낸 약주略註를 통해, 위고 베르니에가 1836년 9월 3일 비미(파드칼레)에서 태어났다는 것만 알아냈을 뿐이다. 그러나 비미 시청에 보관된 호적등본은 아라스 도청에 제출된 복사본과 마찬가지로 1916년에 불타버렸다.

약 삼십 년 동안, 뱅상 드그라엘은 이 시인과 그가 남긴 작품의 실존에 관한 증거를 모으기 위해 헛된 노력을 기울였다. 베리에르[9]의 정신병원에서 드그라엘이 사망하자, 그의 옛 제자 가운데 몇몇은 그가 남긴 방대한 양의 자료와 원고를 분류하는 일에 착수했다. 그중에 검은 천으로 장정한 두꺼운 노트가 있었는데, 그 이름표에는 '겨울 여행'이라는 글자가 정성스럽게 새겨져 있었다. 처음 팔 페이지는 이 헛된 연구의 역사를 회상하고 있었다. 그리고 나머지 삼백구십이 페이지는 흰 여백으로 남아 있었다.

21

[9] 베리에르는 스탕달의 『적과 흑』의 이야기가 시작되는 마을이다. 『겨울 여행』 이후 페렉이 준비한 소설 『53일』이 스탕달의 『파르마의 수도원』을 초석으로 하는 점을 고려할 때, 스탕달의 소설 세계가 페렉에게 미친 지속적인 영향을 가늠해볼 수 있다. 또한 페렉의 『겨울 여행 Voyage d'hiver』이 '위고 베르니에 Hugo Vernier'의 동명의 책에서 시작해 '베리에르 Verrières'라는 마을에서 끝나는 여정임을, 다시 말해 V에서 시작해 V로 끝나는 집요한 'V의 이야기'임을 암시하기도 한다. 이 V와 관련한 페렉의 집착을 보여주는 몇몇 전기적 일화는 「작품 해설」에 좀더 자세히 실렸다.

자크 루보

어제 여행

"이 지나간 날들이 우리의 아름다운 내일들을 삼키려 한다면."[1] —위고 베르니에

1980년 부활절 방학이 시작되기 바로 전주 금요일, 볼티모어 존스홉킨스 대학교 로맨스어학과에서 프랑스 문학을 가르치는 젊은 부교수 데니스 보라드 2세는 습관대로 문이 열리자마자 대학의 밀턴 아이젠하워 도서관으로 들어갔다. 도서관 지하에는 지적 안락을 주기에는 더없이 훌륭하고도 훌륭한 곳으로, 제록스 복사기에서 겨우 몇 미터 떨어졌지만 독립되고 조용한 그의 연구실이 있었다. 이 종이 터널 안에서 그는 대부분의 시간을 보냈다(도서관은 매일 오전 여덟시부터 자정까지 개관했다).

25

그런데 그날 아침에는, 미시시피 강의 연안을 이루는 열 개의 주州 가운데 하나인 아이오와로 떠나게 될 이튿날 아침 여행에 대한 기대로, 몹시 흥분해서 책을 읽을 수 없었다. 그의 상상 속에서 이 열 개의 주는 그가 어린 시절 가장 좋아했던 책 중 하나인 허클베리 핀과 톰 소여의 모험에 연결되어 있었다. 그는 낭만주의에 관한 한 심포지엄에 참석할 것이

2 flurries. '한차례 흩뿌리는 눈'을 뜻하는 flurry의 복수형.

3 Saisons. 프랑스어로 '계절들'이라는 뜻으로, 1979년 말 조르주 페렉은 니콜 비투가 기획한 이 잡지의 비매품 소책자에 레즈바니, 장 프뢰스티에, 자크 셰섹스의 세 단편과 함께 처음으로 「겨울 여행」을 발표했다. 페렉의 이 소설과 글쓰기에 영감받아 작품을 이어쓴 루보는 여기서 실제 현실을 패러디하고 있는데, 페렉의 이 책 출간과 관련한 자세한 내용은 한국어판 「작품 해설」을 참조하기 바란다.

고, 거기서 '그의' 발표 주제인 테오필 고티에에 대해 얘기하게 될 것이다.

마침 눈이 내리려는 순간이었다. 사람이 거의 없는 도서관의 '정기간행물'실 창문 너머로 풀들이 보였고, 그 위로는 흰회색의 하늘이, 조심스럽고 망설이는 듯한 하늘이 보였는데, 지붕과 수평선의 넘실대는 경계에는 오로지 구름 한 점만이 끼어 있는 것 같았다. 그는 새순마다, 입김마다 흔들리듯 조금씩 내려오는 눈을 보고 있었고, 그 눈은 영어로 표현하자면 '플러리스'²라는 대체 불가능한 단어로 표현되는 날씨 현상이었다.

그는 '신간' 테이블 위에서 건성으로 얇은 잡지 한 권을 집어들었는데, 『세종』³이라는 잡지의 그 제목이 거의 미국 남부에 가까운 이 주州에 뒤늦게 한봄에 눈이 내리는 갑작스럽고 기이한 이 상황과 이상하게 들어맞아 보였다. 사실 이 잡지는 본래 『아셰트 앵포르마시옹』이라는 신문에 실렸던 중단편 소설 네 편을 니콜 비투가 다시 엮은 얇은 모음집으로,⁴ 비매품으로 천 권이 출판되었으며 그가 손에 들고 있는 것은 그중 (어떻게 이 도서관에 오게 되었는지 알 수 없는) 육백사십사 호였다. 이 소설들 중 네번째는 조르주 페렉이 지었고, 제목이 '겨울 여행'이었다.

그는 그 소설을 읽기 시작했다. 그런데 소설의 다섯번째

26

4 실상『아세트 앵포르마시옹』은 신문이 아니라
아세트 출판사가 발행하는 잡지이며, 페렉의「겨울
여행」은 먼저 이 출판사에서 발행하는『세종』
(1979년)에 발표된 다음 이듬해『아세트
앵포르마시옹』(1980)에 실렸다. 루보가 의도적으로
「겨울 여행」의 출간 순서를 바꾼 것인지, 아니면
단순히 출간 연도를 착각한 것인지는 알 수 없다.

줄에서 자신의 이름을 보았을 때, 더 정확히는 그의 아버지
이름인 드니 보라드를 보았을 때 그의 놀라움이란! 우연의
일치라고는 할 수 없었다. 소설에서 얘기하는 '별장' 즉 '르아
브르 인근의 대저택'은 틀림없이 예전에 그의 가족 소유였기
때문이다(그 저택은 이차대전의 마지막 몇 개월 동안 일어
난 폭격으로 파괴되었다). 그리고 소설에서 언급된 이야기
는 스토리의 톤이 믿게 만드는 것과 정반대로 전혀 허구가 아
니었다. 그는 열두 살 때 어머니로부터 뱅상 드그라엘의 믿
을 수 없는 발견과 비극적이기도 하고 낭만적이기도 한 운명
에 대해 전해 들었고, 그것은 그의 인생길에서 무시할 수 없
는 역할을 했다.

    잘 알려진 것처럼, 조르주 페렉은『겨울 여행』에서 당시
'젊은 문학선생'이었던 뱅상 드그라엘이 '1939년 8월 마지막
주'에 그의 동료 중 하나인 드니 보라드의 부모님 시골 별장
에 초대받았다가 우연히 집주인의 서재에서 위고 베르니에
라는 작가가 지은, 바로 '겨울 여행'이라는 제목이 붙은 얇은
소책자 시집 한 권을 발견하게 되는 과정에 대해 들려준다.
그 책은 1864년에 발랑시엔에서 출간되었다. 여기까지는 아
주 지극히 평범한 내용일 뿐이다. 그러나 드그라엘의 인생을
결정짓게 되는 믿을 수 없고 매우 놀라운 사실은, 바로 이 책
이 사실상 19세기 말 프랑스의 위대한 시작품 모두에 대한

27

방대한 규모의 '미리 앞서간 표절'이었다는 것이다. "가장 유명한 시인들과 거의 알려지지 않은 시인들이…… 『겨울 여행』을 자신들의 가장 훌륭한 작품의 원천이 된 성서로 삼았다. 방빌, 리슈팽, 위스망스, 샤를 크로, 레옹 발라드가 말라르메와 베를렌과 나란히 있었고…… 로트레아몽, 제르맹 누보, 랭보, 코르비에르는…… 위고 베르니에라는 천재적이고 불우한 한 시인의 표절자에 지나지 않았다."

젊은 부교수는 페렉의 '단편소설' 몇 페이지를 열중해서 읽어보았다. 거기에 있던 모든 게 그의 기억에서와 똑같았다. 아무것도, 결단코 그 어떤 것도 지어낸 건 없었다. 베르니에의 책으로 알려진 모든 판본이 사라졌다는 것도 그렇고, 또 손에 넣을 수 없는 성배처럼만 보이는 것, 즉 새로운 이 발견에 대해 진실을 입증할 수 있는 어떤 증거, 최소한의 명백한 증거를 추적해가는 점점 더 열정적이고 강박적인 드그라엘의 연구도 사실 그대로였다. 1973년, 아버지 보라드는 이십오 년 만에 처음 프랑스를 찾아 단 한 번 체류하는 동안 베리에르의 정신병원에 있는 드그라엘을 찾아갔었다. 드그라엘은 광기에 빠져 완전히 정신이 나가 있었다. 그는 보라드를 알아보지 못했다.

데니스 보라드는 생각에 잠긴 채 앞에 있는 낮은 탁자에 『세종』을 내려놓았다. 창밖에는 이제 굵은 눈송이들이 내리

5 호프만슈탈의 1900년작 단편으로, 16~17세기 프랑스 원수 바송피에르라는 실존 인물의 회상록과 이를 가공한 괴테의 이야기에 영향받아 쓴 작품이다. 이하 아래에 열거된 모든 문학작품 역시 실제 사건이나 실존 인물을 다룬 문학사의 예들이다.

고 있었고 대지를 벌써 두터운 외투로 덮고 있었다. 그는 마음속으로 능란함에 있어 「바송피에르 원수의 체험」[5]의 저자인 후고 폰 호프만슈탈을 능가하는 페렉의 '곡예와 같은 묘기'에 대해 곰곰 생각해보았다. 그가 생각하기에 낭만주의 소설의 비밀 중 하나는, 푸시킨의 『대위의 딸』이건 클라이스트의 「O 후작 부인」이건, 개인의 숙명을 담고 있는 고갈될 수 없는 보고寶庫에서, 즉 그 숙명을 드러내는 '회고록,' '진술서,' '사적 편지들' 같은 자료들에서 한눈에 그 착상을 길어온다는 것이다. 그런데 호프만슈탈이 선택한, 그에 앞서 드퀸시가 그의 「임마누엘 칸트의 마지막 날들」이나 「군인 같은 스페인 수녀」를 위해 선택한 이 허구의 '줄'을 이용한 최고의 속임수는, 그와 반대로 실제 인물들에게서 실제로 일어났던 사건들을 택한 후 최소한의 추가나 삭제를 통해 이상적으로 만든 다음 그것들을 마치 마술처럼 예술작품으로 변형시키는 데 있었다. 그러나 물론 이러한 각각의 사례에는 하나의 분명한 모델이 존재한다. 즉 드퀸시나 호프만슈탈은 (그리고 몇몇 다른 작가도) 마치 도기 장인이 점토를 제압하듯, 금은세공사가 무정형의 순금으로 금괴를 떠내듯, 진짜 삶을 독점했던 것이다. 그들은 과거의 영토로 돌아가 애호가들로 하여금 용어 하나하나를 비교함으로써 창조의 '마키아벨리적 순간'에 산문 창조주dêmiourgos의 의도를 간파하는

29

프랑스 최북단 바닷가로, 1940년 5월 26일에서
6월 4일 사이, 영국군 이십이만 명 남짓과 프랑스-
벨기에 연합군 십일만 명 남짓이 최소의 희생을 내고
영국으로 대규모 철수작전을 감행했던 곳이다.

교묘한 즐거움을 맛보게 하면서, 거의 알려지지 않은 건 사실이지만 능숙한 탐구자들이라면 큰 수고 없이도 접근할 수 있는, 매장되어 있지만 실존하는 텍스트들을 찾아내어 드러내주었던 것이다.

그런데 데니스가 생각하기에, 페렉은 거기서 더 멀리 나아갔다. 페렉은 하나의 실제 이야기에 경이로운 픽션의 모든 외양을 입혔을 뿐만 아니라, 그 실제 이야기의 '근원' 역시 영원히 자취가 남지 않도록 작품 '주제'를 선택했다. 어떤 면에서, 페렉은 구두끈을 풀고 산문의 성탑 꼭대기에 기어올라갔을 뿐 아니라 그 뒤에 놓인 사다리를 걷어차버렸다고 할 수 있다. 데니스는 감탄했다. 하지만 그 사건들과 관련해 실제로 있던 일을 페렉도 알고 있었기에, 데니스는 어떻게 『실종』을 쓴 작가가 이 일을 알게 되었는지 의문이 들었다. 그는 진상을 정확히 파악하고 싶어 한순간 그에게 편지를 쓸까 생각했지만, 결국 아무것도 하지 못했다.

뱅상 드그라엘이 1939년 운명적인 9월 초반에 프랑스에서 '소집된' 유일한 병사는 아니었다. 그의 동료 보라드 역시 같은 시기에 소위 말하는 '징집장'을 받았다. 영어 학자였던 그는 영국-프랑스 연합군에서 통역관으로 근무했으며, 그런 연유로 1940년 5월 어느 날 이른 새벽에 됭케르크 해안가°에

7 그랑드 샤르트뢰즈 산악지대Massif de la
Grande Chartreuse의 공식 명칭은 샤르트뢰즈
산맥Massif de la Chartreuse이다. 해발
2000미터의 알프스 산자락에 있으며, 1084년
이곳에 수도원이 세워지면서 '그랑드 샤르트뢰즈
수도원monastère de la Grande Chartreuse'으로
불리는데, 이후 이 수도원은 카르투시오회

수도원들의 모원이 된다. 또한 '잡목숲
maquis'이라고 번역된 이 단어는 이차대전중에
'무장 항독지하단체' 또는 '항독지하운동가의
은신처'를 뜻하기도 한다.
8 이차대전 당시 나치의 강제수용소가 있었던 독일
바이마르 부근의 마을.

다다르게 되었다. 그리고 히틀러와의 싸움을 계속하자고 주
장하는 미치광이 장군을 보좌하며 영국 땅에 도착하자마자,
그는 다시 프랑스 내부 레지스탕스와의 연락 임무를 수행
하기 위해 점령당한 프랑스에 수차례 '낙하산을 타고' 투입
되었다. 그는 게슈타포의 추적을 열 번이나 따돌렸다. 하지
만 그르노블 해방을 앞둔 몇 주 전, 그는 남자 열두 명(영국
인 다섯 명, 캐나다인 세 명, 뉴질랜드인 한 명, 프랑스인 두
명, 레바논인 한 명)으로 구성된 특공대의 선두로 그랑드 샤
르트뢰즈 산악지대의 '잡목숲'으로 보내졌고, 독일군의 갑
작스러운 은신처 습격으로 인해 어느 동굴에서 이틀을 피신
해 있었다. 그런데 사흘째 되던 날 새벽에 갑자기 비시 정권
의 친독의용대원들이 동굴을 포위하는 바람에 거기에 있던
거의 모든 이들이 학살당했고, 그는 루비에르라 불리는 이와
함께 체포되어 게슈타포에 넘겨졌다. 고문을 당했으나 영웅
적으로 침묵을 지켜낸 그는 부헨발트로 이송되었고, 거기서
도 살아남았다. 나치 독일 점령에 의한 시련으로 심신이 상
한 그의 늙은 할머니가 1945년 5월 초 어느 날 뤼테시아 병원
에서 그를 간신히 알아보았을 때(그의 부모는 르아브르 폭
격 당시 사망했다), 그는 거의 해골이나 다름없었다. 뤼테시
아 호텔은 게슈타포가 점령하고 있다가, 그 무렵에는 프랑스
로 돌아온 이 '강제수용소 포로들'의 가족과 친구들이 날마

31

어제 여행

9 '53'이라는 숫자는, 스탕달이 52일만에 『파르마의
수도원』을 집필했다는 기록에 하루를 더 보태어
페렉이 울리포적 제약하에 써내려가던 그의 최후의
미완작 『53일』에 대한 루보의 오마주다. 실제로
페렉은 수시로 스탕달의 이 소설을 참조했고, 그의
작업 노트에는 이 일수에 따른 작업계획표와 해당
내용들이 적혀 있다.

다 지인들을 찾으러 오는 장소가 되어 있었다. 그가 사람다
운 꼴을 되찾는 데에는 육 개월이나 걸렸다.

그러다 불타는 열정 하나가 그를 사로잡았다. 학살된 동
료들의 원수를 갚고 배신자의 정체를 밝혀내는 것. 왜냐하면
특공대는 분명 배신당했고 밀고당했기 때문이다. 두 사람만
이 접선 장소, 즉 군대가 낙하해야 할 지점인 동굴에 대해 알
고 있었다. 그들은 끊임없이 귀에 울리는 런던 라디오의 '개
인적 메시지'를 통해 다음과 같은 정보를 전달받았다. "올해
5월은 53일⁹까지 있을 것이다." 반복한다. "올해 5월은 53일
까지 있을 것이다." 단지 두 사람만이 이 정보를 알고 있었는
데, 바로 '루비에르'와 그였다. 즉 '루비에르'가 배신자였던
것이다. 루비에르의 실체를 벗겨내기란 조금도 어렵지 않았
다. 그에게는 '레지스탕스의 영웅'이라는 이력이 있었기 때
문이다. 이미 알려져 있는데다 명성과 힘을 지니고 있던 남
자, 바로 로베르 세르발이었다.(물론, 나는 여기서 그의 실제 이
름을 밝히지는 않을 것이다. ─자크 루보)

보라드는 사람들에게 이 사실을 얘기했다. 그러나 아무
도 믿지 않았다. 어떤 '결탁된 침묵'이 세르발을 보호하고 있
었다. 그는 진실을 밝히기 위해 이 년 동안 투쟁했다. 마침내
모든 노력이 헛됨을 깨닫고, 과거를 떠나보내기 위해 그는
런던에 머물던 시절 알던 동지들 중 하나가 미국 중서부 지

32

10 Barnaby Barnes. 'Barnaby'라는 이름은
페렉의『인생사용법』에 등장하는 인물 바틀부스에
대한 암시이자 일종의 오마주라 할 수 있다.
'Bartlebooth'는 페렉이 평소 자신이 좋아했던 두
작가의 인물들, 즉 허먼 멜빌의『필경사 바틀비』의
'Bartleby'와 발레리 라르보의 다른 이름이자
1913년에 발표한 동명의 작품 제목이기도 한
'Barnabooth'를 조합해 만든 이름인데, 루보는 이와
반대로 조합해 'Barnaby'라는 이름을 여기에 썼다.

11 triple sextine. 6행 연구 여섯과 3행 연구
하나로 된 정형시.

방에 있는 한 무명 칼리지에서 가르칠 수 있겠냐며 건넨 갑
작스러운 제안에 응했다. 그를 프랑스에 붙들어놓을 건 아무
것도 없었다. 할머니는 그가 프랑스로 돌아온 지 얼마 안 되
어 돌아가셨다. 여동생도 부모님이 눈감았을 당시 실종되었
다. 숲 근처에 있던 노르망디 지방의 가족 별장은 이미 폐허
가 되어 있을 뿐이었다. 그는 떠났다. 그리고 새로운 삶에 열
정적으로 몸을 던졌다. 몇 년 후, 그는 바너비 반즈[10]라는 엘
리자베스 시대의 기인에 대한 열정 넘치고 탁월하며 격정적
인 박사논문을 집필했다. 반즈는 바로크 시인이었고, 트리플
섹스틴[11] 작품의 뛰어난 저자이자, 풍속교란자였다. 이 박사
논문 덕에 곧바로 그는 서부 해안지역에 있는 한 명문대학의
교수직에 앉게 되었다. 그리고 아름다운 한 여학생이, 눈부
시게 뛰어나면서도 음울하고 정신적 고통에 시달리는 이 교
수에게 반해 그와 결혼했다. 1953년에 데니스가 태어났다.

보라드는 그의 인생과 기억에서 프랑스라는 나라를 완
전히 지우고 싶어했다. 이는 아들을 위해 고른 이름에서 가
장 분명한 방식으로 드러났다. 아들의 이름은 그의 이름이기
도 했고, 그의 이름이 아니기도 했다. 두번째 'n'('드니Denis'
대신 '데니스Dennis')의 존재는 이 인생을 건 '번역,' 프랑스
어에서 영어로의 최종적인 이동의 상징이었다. 데니스는 캘
리포니아 아이로 자라났다. 그는 프랑스식 '술래잡기 놀이'

33

가 아니라 '원반던지기 놀이'를 하며 놀았다. 어린 시절 그는 아버지가 출생한 나라의 존재 자체를 몰랐고, 당시 그리 많은 해가 지난 것도 아닌데 이미 태평양 연안의 주민들에게는 먼 얘기가 된 그 전쟁에서 아버지가 수행했던 역할에 대해서도 전혀 알지 못했다. 그 사정을 전해준 건 어머니였다. 그녀는 뱅상 드그라엘과 수수께끼 같은 시인 위고 베르니에의 경이롭고 놀라운 이야기에 대해서도 들려주었다. 이 이야기는 아이에게 매우 깊은 인상을 남겼다. 데니스가 하버드 대학에 들어간 첫해 갑작스레 프랑스 문학을 전공으로 택하자, 아버지는 격한 불만을 표시했다. 하지만 그는 고집을 굽히지 않았다.

아버지와 아들은 얽힌 감정을 제대로 풀어내지 못했고, 관계는 더 멀어져버렸다. 1980년 '가을학기' 마지막 날(호주로 떠나기 일주일 전의 일이었다) 보들레르 세미나를 마치고 학과 사무실에 들렀던 데니스는 깜짝 놀랐는데, 연구실에서 누군가가 그를 기다린다는 전갈을 받고 가보니 그날 아침 밴쿠버(아버지는 바로 지난해 이곳에서 은퇴했다)를 출발해 막 도착한 아버지가 거기에 있었기 때문이다. 아버지는 늙고 피곤하고 혼란스러운 모습이었다. 패컬티 클럽(교수회관)에서 거의 침묵을 지키며 점심식사를 한 후, 아버지는 가방에

34

서 가죽 밴드로 묶은, 마분지로 된 붉은색 서류 파일을 꺼내어 건네며 (영어로) 말했다. "이걸 좀 읽어봐줄 수 있겠니?"

그 파일에는 타이핑한 텍스트 하나와 노트 세 권(오렌지색 노트, 푸른색 노트, 흰색 노트), 그리고 어수선하게 메모들을 기록해둔 수첩 몇 권이 들어 있었다. 타자기로 친 텍스트는 복잡한 한 추리소설의 도입부였다. 그리고 노트들과 메모들은 어느 정도 정돈된 형식으로 '샤르트뢰즈' 사건에 관한 '보고서' 및 사건들의 전체 이야기를 구성하고 있었다. 추리소설의 희생자는 보고서에 나타난 배신자, 로베르 세르발[12]이었다. 제목이 붙어 있기를, '5월은 53일까지 있을 것이다'였다. 소설은 미완 상태였는데, 데니스는 소설의 수수께끼를 풀어내지 못했고 암살자의 역할을 하는 이가 누구인지 밝혀내지도 못했다.

데니스는 그의 노력에도 불구하고 부조리하다고 여겨지지는 않는 어떤 두려움을 느꼈다. 즉 그의 아버지가 수십 년 동안의 침묵과 망각 끝에 복수하겠다고, 죽은 동지들의 원수를 갚고 법망을 빠져나간 세르발의 범죄를 가만두지 않겠다고, 요컨대 그 자신이 정의를 실현하겠다고 별안간 결심했을지도 모른다는 두려움이었다. 그는 자신의 눈앞에 있는 타이핑한 원고가 어쩌면 '미리 앞선 자백'일지도 모른다는 두려움에 빠졌다. 혹은 (미완의 그 상태로 보아) 아마도 아들에

35

게 하는 어떤 구조 요청, 즉 하나의 외침일지도 모른다고 여겼다. "아직 시간이 남아 있을 때 날 멈춰다오!" 그러나 (마침내 혼자 있는 그녀와 전화 연락에 성공하자) 어머니가 그를 안심시켰다. 그녀는 로베르 세르발이 육 개월도 더 전에 (그의 침대에서 명예롭게 경애를 받으며) 죽었다는 사실[이는 그의 관심 밖의 일로, 그는 (파리의 국립도서관에 머물 때를 제외하고는) 동시대 프랑스보다 19세기 프랑스에 기꺼이 더 많은 시간을 투자했기 때문이다]을 알려주었다. 그녀는 말했다. "네 아버지가 이 오래된 얘기에 다시 빠져들었구나. 그는 진실을 말하고 싶어했지만, 명예훼손으로 기소당하길 원치 않았어. 그래서 우회적인 이 방법을 택했단다. 하지만 내 생각에 그는 결국 포기할거야. 아버지가 왜 네게 이 모든 걸 건네줬는지, 나도 모르겠다. 틀림없이 네가 알기를 바랐겠지. 그 일에 대해 너랑 직접 얘기를 나눌 자신이 없었으니까." 마음을 놓은 데니스는 기이한 선물인 붉은색 서류 파일을 들고 호주의 브리즈번으로 향하는 비행기를 탔다.

그런데 그해 여름 호주에는 이미 높은 명성을 얻은 작가, 조르주 페렉이 몇 주 동안 초대받아 와 있었다. 데니스 보라드는 절반은 대화, 절반은 글쓰기 연습으로 이루어지는 그의 '비공식' 세미나에 참석했다. 대학생들을 상대로 개설한 이 세미나에서 페렉은 제약하에 글을 구성하는 비법에 대해, 울리포적인 훈련이 갖는 때로는 엄격한 매력에 대해 알려주었다. 그러던 어느 날, 오랜 망설임 끝에 데니스는 『겨울 여행』에 관해 말을 꺼냈다. 페렉은 아주 흔쾌히 대답해주었다. 그에게는 그 책과 관련해 어떤 미스터리도 없었다. 그의 '단편소설'은 옛날 에탕프 고등학교 시절 졸업반 선생이었던 뱅상 드그라엘에 대한 오마주였다. 1965년 르노도 상을 안겨준 『사물들』이 출간된 지 얼마 지나지 않았을 때, 페렉은 드그라엘 선생으로부터 편지 한 통을 받았다. 편지는 소설에서 이야기된 내용을 요약해 기술하고 있었다("나는 아무것도 삭제하지 않았고, 아무것도 지어내지 않았고, 아무것도 바꾸지 않았습니다"라고 페렉은 말했다. "네, 알고 있습니다"라고 데니스가 답했다). 그리고 편지에는 다음과 같은 간청이 덧붙어 있었다. 그의 노력에도 불구하고 만일 드그라엘이 죽기 전까지 찾던 증거들을 획득하지 못할 경우(그는 H.M.13 이라 불리는 한 애서가의 종적에 대해서도 알려주었는데, 그는 어느 날은 함부르크에, 어떤 날은 베르코르 지역에 나타나기도 하며, 때로는 휴스턴에, 때로는 방돔 지방에 출몰하기도 하는 괴짜로, 아마도 그가 베르니에 작품 한 권을 가지고 있을 것이라고 했다), 드그라엘이 많이 좋아했던 책의 저자인 페렉이 훗날 어느 날엔가 드그라엘이 발견한 게 마침내

37

사실로 확인될 경우 그 발견의 장본인으로서 그가 자격을 인
정받도록 '그 무형의 기록들에 형태'를 부여해주기를 바란다
는 거였다. 그렇게 하면, 그의 인생이 완전히 헛되지 않을지
도 모를 일이었다. "나는 약속했고 나의 약속을 정확하게, 성
실하게 지켰습니다"라고 페렉이 덧붙였다. "그런데 당신은
그 이야기가 사실이라고 생각하세요?"라고 데니스가 물었
다. "드그라엘이 단 하룻밤에 손에 넣지 못했던 베르니에의
그 책이 실제로 19세기 말 프랑스 시에 있어 모든 주요 창작
물의 확실한 싹을 내포하고 있다고 믿으십니까?" "네, 나는
그렇게 생각합니다"라고 페렉이 답했다. "단언컨대, 1966년
에, 뱅상 드그라엘은 미치지 않았습니다. 내가 그를 찾아갔
었죠. 그는 자신이 읽은 걸 완벽히 알고 있었습니다. 나는 조
금의 의혹도 느끼지 못했습니다."

이 대화 이후, 페렉과 보라드 2세는 친해지게 되었다.
그들은 함께 많은 술을 마셨다.(호주산 맥주뿐 아니라 보드
카, 부브레[14]산産 백포도주, 라인 강 연안산 포도주—호크라
불리는 독일산 백포도주— 등을 몇 잔씩이나. 이 정도만 하
자. 브리즈번의 저녁은 길지 않은가!) 그리고 그들은 캥거루
를 찾아 도시 인근을 두루 돌아다녔다(페렉은 이 동물이 존
재하지 않으며, 자연주의자들이 만들어내고 여행사들에 의
해 존속하는 순수 창작물이라고 주장했다). 데니스는『인생

38

사용법』에 대해 매우 탄복했고, 페렉은 그에게 그 책의 '작업 노트'에 담긴 비밀 중 몇 가지를 알려주었다(심지어 이 비밀 가운데 일부는 아직까지도 '페렉 연구자들'이 발견하지 못했으며 '페렉 전문가들'조차 풀어내지 못하고 있다). 페렉은 그 당시 집필중인 소설에 대해서도 이야기했는데, 그 소설에서 특히 스탕달의 작품인 『파르마의 수도원』이 중요한 역할을 하지만 아직 정확히 그 역할을 구상해놓지는 않았다고 했다. 그는 작업을 꽤 진행시켰지만, 몇 가지 구성 문제에 부딪힌 듯 보였다. 어느 날 데니스는 교류를 통해 더 두터워진 친밀함에 용기를 얻어, 자신의 '단편소설' 속 한 인물에 대한, 즉 뱅상 드그라엘의 '동료'인 아버지 보라드의 운명에 대한 페렉의 호기심에 부응하고자, 그에게 모든 이야기를 털어놓기로 결심했다. 그리고 어쩌면 이 작가가 드그라엘의 기억을 입증하기 위해 했던 일과 유사한 일을 언젠가 그의 아버지에게도 해줄 수 있을 거라 기대하면서 '보고서' 사본과 드니 보라드가 쓴 '소설' 『5월은 53일까지 있을 것이다』 초고를 구성하는 모든 자료를 그에게 건네주었다. 9월 초에 페렉은 파리로 돌아갔다. 그리고 데니스 자신은 캘리포니아행 길에 오르기 위해 준비했다. 그 길은, 아버지가 오랫동안 가르쳤던 바로 그 명문대학에서 치열한 경쟁을 거쳐야만 따낼 수 있는, 그의 첫 정교수 자리가 기다리고 있는 길이었다.

39

독자 여러분은 아마도 (드니) 보라드에게 여동생이 있었고, 그녀가 1939년 그 운명의 주말에 노르망디 별장에 있었다는 사실을 기억할 것이다(이 사실은 그에게 정식으로 통지되었다). 이 젊은 여인(당시 그녀는 열일곱 살의 아가씨였다)의 이름은 비르지니 엘렌이었다. 우리는 또한 데니스 보라드가 『겨울 여행』(당연한 얘기지만 위고 베르니에의 시집을 말하는 게 아닌, 드그라엘-페렉 버전)을 읽으면서 소설가가 전하는 사실들의 정확성에 매우 놀랐다는 것에 대해서도 이야기했다. 하지만 이것은 단지 페렉이 쓴 것이 데니스의 어머니가 기억하고 있던 일화와 일치함을, 다시 말해 그녀의 남편이 그 사건들에 대해 그녀에게 이야기했던 것, 즉 당시 상황 때문에 그만의 기억 속에 지워지지 않는 방식으로 고정되어 남아 있던 것과 일치함을 의미할 뿐이다. 그러나 사실, 몇몇 지점에 대한 진술은 수정되어야 한다.

먼저, 보라드는 드그라엘의 동료였을 뿐 아니라, 가장 절친한 친구이기도 했다. 그들은 자주 만났고, 순정적인 사랑의 시작과도 같은 무엇인가가 비르지니와 이 젊은이, 그녀의 오빠가 높이 평가한데다 잘생기기까지 한 이 젊은이 사이에서 형성되고 있었다. 드그라엘 자신도 영국 여인 같은 비르지니의 금발에 무감할 수 없었고, 바로 그 문제의 주말에 아마도 그들은 몰래 손을 잡았을 것이고 또 입맞춤을 나눴을 것

40

이다. 그다음, 별장의 소유주였던 보라드의 부모가 그 기간에 거기에 없었다는 사실을 덧붙여야만 한다(바로 이 점에 관한 한 보라드의 기억은 틀렸다). 별장에는 오로지 젊은이들만 있었다. 이 점은 대수롭지 않게 보일 수도 있지만, 우리가 곧 보게 되다시피, 중요하다.

왜냐하면 운명이 뱅상 드그라엘로 하여금 대저택의 서재에서 꺼내들게 만들었던 베르니에 작품인 그 책은 "그 당시로부터 십 년 전 옹플뢰르 경매장에서 구입한 것"이 결코 아니었기 때문이다. 그 책은 처음부터 줄곧 보라드 가문이 가지고 있었다. 더 중요한 것은, 그 판본의 책이 이 가문의 존재 이유 그 자체였다는 사실이다.

따라서 1939년으로 다시 돌아가보자. 전쟁 선포라는 청천벽력 같은 사건은 즉각적으로 보라드 가족의 머리에서 위고 베르니에의 신원 확인 문제를 쫓아내버렸는데, 이는 바로 비르지니 엘렌이 그 책을 그즈음에 구입했을 거라는 추측에 대해 의심할 생각을 하지 못하게 했다[그 책은 실제로 별로 중요하지 않은 책들 가운데 꽂혀 있었으며, 이는 그녀의 부모 역시 까다로운 조부 보라드가 물려준 그 책의 의미에 대해 짐작하지 못했음을 증명하는 것으로, 조부 보라드는 가문의 재산을 일으킨 장본인인데(그들은 꽤 부유했다), 무일푼에서 출발해 점점 자산을 불려 1900년을 전후로 자수성가한

15 이차대전 때 독일의 폴란드 침공 후 서방 연합국 (영국, 프랑스 등)과 나치 독일 사이에서 주요 군사 작전이 거의 없었던 시기(1939년 9월~1940년 5월)를 가리키는 표현으로, '앉은뱅이 전쟁' 또는 '가짜 전쟁' 등으로도 불린다.

16 영국공군Royal Air Force을 가리킨다.

성공신화의 주인공이었다]. 비르지니는 '기묘한 전쟁'[15] 기간 동안 뱅상과 다정한 편지 몇 통을 주고받았지만, 프랑스군의 패주敗走 이후 갑자기 그의 소식이 끊겼다. 그리고 그들은 다시 만나지 못했다. (드골 장군이 이끄는 자유프랑스군에 합류한 것과 거의 동시에 적도 아프리카로 떠난 드그라엘은 보라드가 그와 마찬가지로 영국에 있었다는 사실을 알지 못했다.) 잃어버린 오빠와 연인을 따라, 비르지니 역시 레지스탕스에 가담했다. 노르망디 저택은 하늘에서 (본의든, 본의가 아니든) 떨어진 영국 비행사들을 위한 피난처가 되었다. 그들 가운데 어느 날 R.A.F[16] 소속의 용감한 호주인 로저 웨더번이 도착했다. 그들은 사랑에 빠졌다. 프랑스가 해방되자마자 그들은 서로를 찾아 떠났고, 이 이야기와는 상관없는 파란만장한 우여곡절 끝에 아테네에서 재회했다. 결혼 후 그들은 호주로 가서 살았다. 프랑스를 떠나기 전에 비르지니는 부서진 별장(그 잔해 속에 부모가 묻혀 있었다) 창고에서 가족 서류들을 담고 있는 작은 가방을 되찾았고, 그녀는 그 서류들을 가지고 지구의 정반대쪽으로 떠났다. 이제 그녀의 기억 속에서 뱅상 드그라엘은 흔히 '전쟁 전'이라고도 부르는 청소년기의 '가벼운 연정 상대'일 뿐이었다. 그녀는 위고 베르니에의 이름마저도 잊어버렸다.

오빠는 그녀가 부모와 함께 죽었다고 믿고 있었다. 그녀는 오빠가 알프스 산속에서 게슈타포의 손에 죽었다고 들었다. 그녀가 더할 나위 없는 우연으로 보라드라는 이름이 신문에 실린 것을 본 것은, 한참 세월이 흐른 뒤였다(대학의 봄학기 강의 안내에 그의 이름이 공지되어 있었던 것이다). 엄마로서, 부인으로서, 변호사로서, 젊은 할머니로서(그렇다! 세월이 많이 흘렀다!) 젊어진 의무들에서 갑자기 한 시간의 자유가 생기자마자, 출생명이 비르지니 엘렌 보라드인 버지니아 헬렌 웨더번은 프랑스어학과에 전화를 걸었고 곧 자신에게 예상치 못한 남자 조카가 있다는 사실을 알았다.

데니스는 (친족관계 유사성 덕분에) 자신의 고모를 알아보고 매우 기뻐했다. 그 혼자 떠들기도 하고, 그녀와 이야기를 나누기도 했다. 그가 그의 아버지의 모험담을 얘기하자 비르지니는 울었고, 끔찍했던 시절의 기억이 떠올라 감정이 복받친 미스터 웨더번은 파이프를 문 입을 꽉 다물었다. 그는 또한 고모와 일대일로(그는 주의깊고 세심한 청년이었다) 뱅상 드그라엘의 추적과 광기와 죽음에 대해 이야기했다. 이 이야기에 그녀는 또다시 눈물을 흘렸다. 그것은 처음과는 조금 다른 눈물이었으며, 일어날 수도 있었지만 일어나지 않았던 어떤 일에 대한 눈물이었다.

조카가 떠나기 이틀 전, 갑자기 그녀는 삼십 년 동안 서랍 속에 넣어두고 (아이들에게 옛날 사진과 프랑스 이미지

43

를 담은 사진을 보여줄 때를 빼고는) 한 번도 들여다보지 않
았던 조부 보라드의 서류들이 생각났다. 그녀는 오랫동안 묻
어두었던 희미한 인상이 떠올랐다. 그것은 잘못된 기억이 아
니었다. 그 서류들에 바로 위고 베르니에의 이름이 있었기
때문이다.

모든 것은 서툴지만 간결한, 감동적인 편지 한 통, 1853년
에 막 데뷔한 시인이 저명한 스승에게 보내는 편지 한 통으
로 시작된다.

브장송(프랑슈-콩테), 1853년 5월 24일

테오필 고티에 선생님께,
그랑주바틀리에르 거리, 파리

친애하는 스승님,

이 글들은 별 볼일 없는 곳에서 삶을 살아온 아
주 어린 한 젊은이가 쓴 것입니다. 저는 열일곱 살
입니다. 사람들은 열일곱 살에 그리 신중하지 못
하죠.
제가 당신께 제 시들 중 몇 편을 보내드리는

44

것은, 당신 안에 있는 진정한 낭만주의 작가로서의 면모와 진정한 시인으로서의 면모를 좋아하기 때문입니다. 이 년 후에 아마도 저는 파리에 갈 것 같습니다. 친애하는 스승님, 이 시들을 읽으시면서 너무 심한 거부감을 느끼지 않으시기만을 바랍니다.

　　야망이여! 오 광기여!

　　　　　　　　　　　　　　위고 베르니에

　　그런데 비르지니-버지니아 웨더번-보라드의 손에 들려 있는 것은 이 편지의 복사본이 아니라 원본이었고, 데니스는 누렇게 바랜 봉투에서 충분히 납득하고도 남을 감동으로 그 편지를 꺼냈다. 고티에와 그의 젊은 찬미자 사이에 (결코 발표된 적 없는) 꽤 긴 서신이 오갔고, 또 신기하게도 '양측'의 편지들이 그의 손에 들려 있었다. 이 교환 서신들에는 위고 베르니에의 수많은 시가 담겨 있었다. 데니스는 그 시들을 읽었는데, 이때 그가 느낀 경악할 만한 놀라움은 과거에 뱅상 드그라엘을 강타했던 그 놀라움보다 결코 적지 않았다. 하지만 아직 미리 예상하지는 말자.

　　고티에에게 쓴, 그리고 고티에가 쓴 편지들은 몇 달이 지난 후 끊기고, 베르니에와 당시 고티에 집안에 살던 또다른

45

17 Roman de la Momie. 테오필 고티에가 1858년에 발표한 소설로, 고티에는 이집트에 한 번도 가보지 않고 당시의 고고학적 성과와 자료를 바탕으로 이집트 미라와 벽화, 왕궁과 신전, 이집트인의 옷차림 등을 세밀하게 묘사해내어, 당시 문단으로부터 "고고학 소설이라는 새 분야를 개척했다"는 평을 들었다.

18 "La blonde aux yeux noirs": 제라르 드 네르발의 시 「환상Fantaisie」(1832)의 4연 2행의 일부.

사람과의 편지가 시작되었다. 테오필의 사랑하는 큰딸 쥐디트는 당시 일곱 살이었다. 막 수녀원의 여자기숙학교를 나온 그녀는, 그곳에서 그랑주바틀리에르 거리의 아파트에 사는 엄마와 아빠에게 돌아가고 싶어 너무나 가련하게 지냈었다. 조숙하고 생기 넘치는 그녀는 당시 아빠가 쓰고 있던 『미라 이야기』[17]를 다시 읽어보는 일을 도와주고 있었다. 그리고 그녀에게는 여자 가정교사가 있었다. 가정교사는 열일곱 살이었다. 그녀는 아름다웠고 금발("검은 눈의 금발"[18])이었다. 이름은 비르지니 위에였다. 또다른 비르지니가 자신의 조카 데니스 보라드에게 맡긴 서류 파일 안에 보존되어 있던 위고 베르니에의 편지들과 서류들은, 모두 그녀가 간직하고 있던 것이다.

작은 대학 연구실의 열린 창문으로 스며든, 그에게는 색다른 호주 대륙의 밤 내음과 머나먼 과거, 지난 시절의 형언할 수 없는 향기가 묘하게 겹쳐지는 이 언어들을 통해, 데니스는 아무런 어려움 없이 필연적인 결말까지 포함한 그 이야기 전체를 재구성해낼 수 있었다.

고티에로부터 용기를 얻은 위고는 파리(이곳에서 그는 영광의 날을 기다리며 생계를 위해 우선은 엘데 거리에 있는 서점에서, 나중에는 비비엔 거리에 있는 서점에서 점원으로 일했다)로 올라왔고, 스승의 집을 자주 드나들기 시작했다.

46

그 집에는 물론 쥐디트가 있었고 또 비르지니가 있었다. 그리고 비르지니는 곧 그의 전부가 되었다. 지적이고 열정적이고 시적인 그들의 교류(그녀는 베르니에 작품의 열렬하면서도 동시에 냉정한 비평가였다. 그의 인생에 이 젊은 여인이 들어오면서부터 그의 작품은 급격히 발전했다)는 빠르게 다정한 것이 되어갔고, 열렬해졌으며, 정열적인 것이 되었다. 그들은 서로 사랑했다.

그래서 무슨 일이 일어났을까? 결과는 아주 명백하지만, 원인과 상황은 불분명하다(두 젊은이, 비르지니와 위고에게 원인과 상황은 끝까지 그렇게 불분명했다). 가장 좋은 예는, 아마도 '위고 베르니에의 시들'이라는 제목이 붙은 이 시인의 첫번째 책의 내용을 간략히 묘사하는 것이리라. 삼백열일곱 권을 인쇄한 이 책의 초판이자 유일한 판본은 전혀 팔리지 않고 저자에 의해 전부 파괴되었는데, 비르지니 위에의 개인 소장본만이 예외적으로 남아 서류 파일 안에 보관되어 있었다. 이 책은 1857년 6월 23일에 '셰 로퇴르' 출판사에서 정식으로 출간되었어야만 했다. 하지만 인쇄업자는 알 수 없는 이유로 며칠 늦게 제작했고, 이 운명적인 지연이 책의 출간을 불가능하게 만들었다.

겉으로는 얇아 보이지만 방대한 내용(베르니에는 당시 겨우 스물한 살이었다!)의 이 시집은 「몇 편의 소네트」라고

47

19 앞에서 나온 '위고 베르니에'가 보들레르를
염두에 둔 전사이듯, 아래에 인용된 모든 시 역시
보들레르의『악의 꽃』에서 대부분 가져와 관사나 수
등만 일부 문맥에 맞게 변형시킨 뒤 재조합한
시들이다. 여기서는 해당 시구의 원 출처인 시
제목만 밝혔고, 시구 말미마다 딱 맞아떨어지도록
맞춘 각운의 효과('앙-이크-외르-에르-테-옹드-
우아')는 번역상 살릴 수 없었다.

20 「평화의 담뱃대Le Calumet de Paix」, III-
2연 4행. 보들레르『악의 꽃』제3판에 증보된 시.
21 「슬프고 방황하여Moesta et errabunda」,
1연 2행.
22 「천벌받은 여인들Femmes damnées」 2,
3연 2행.
23 「여행Le voyage」, IV-3연 1행.
24 「어스름 저녁Le Crépuscule du soir」, 2연 4행.
25 「교감Correspondances」, 2연 2행.

표시된 시 네 편으로 시작했다. 그다음에는 「초기 시들」이
이어졌고, 「또다른 시들」이라고 지칭된 부분이 뒤를 이었으
며, 「헌정시들 & 추모시들」이라고 불리는 시 등도 있었다.
(전부 오십여 쪽밖에 안 되었다. 보라드 교수와 공동으로 추후 논문
에서 이 시집을 분석할 것이다. —자크 루보)

예를 들어, 젊은 시절의 작품인 이 소네트를 읽어보자.[19]

장엄한 구름 안개를 가로질러,[20]
이 더러운 도시의 검은 대양에서 멀리 떠나,[21]
기운 없이 멍한 모습, 서글픈 쾌락,[22]
제 아무리 호화스러운 도시도, 아무리 웅대한 풍경도,[23]

격심한 고통으로 시달리는 마음도[24]
어둡고 깊은 통합 속에,[25]
우리의 부정을 씻어주는 신성한 약처럼,[26]
홍수로 무덤 같은 커다란 구멍이 파인다.[27]
죽은 사람들에겐, 가엾은 그들에겐 큰 고통이 있으니,[28]
창공과 물결과 찬란한 빛 가운데서,[29]
향기와 색채와 소리 서로 화답한다.[30]

48

26 「축복Bénédiction」, 15연 2행.
27 「원수L'Ennemi」, 2연 3행.
28 「당신이 시샘하던 마음씨 고운 하녀La servante au grand coeur dont vous étiez jalouse」, 4행.
29 「전생La vie antérieure」, 3연 2행.
30 「교감」, 2연 4행.
31 「사후의 회한Remords posthume」, 1연 2행.
32 「저녁의 조화Harmonie du soir」, 1연 3행.
33 「교감」, 2연 3행.
34 「독자에게Au lecteur」, 8연 2행, 3행.
35 「가엾은 노파들—빅토르 위고에게Les Petites Vieilles. À Victor Hugo」, I-1연 4행.
36 「노름Le Jeu」, 2연 2행.
37 「술의 넋L'Ame du Vin」, 2연 2행.
38 「심연Le Gouffre」, 2연 2행.
39 「스페인 양식의 봉헌물Ex-voto dans le goût espagnol」, 2연 8행.

새까만 대리석으로 만든 무덤 속 깊은 곳에,[31]
소리와 향기 저녁 하늘 속에 감돈다,[32]
멀리서 어우러지는 긴 메아리와도 같이.[33]

여기저기에 이처럼 기억할 만한 시구들이 수없이 산재해 있었고, 언어적이고 음악적이고 운율적인 창작이 지속적으로 이어졌다. 그러나 아마도 위고 베르니에 책의 가장 독창적인 부분은 마지막에 온다고 할 수 있을 것이다. 그 부분은 어떤 목록으로 시작했는데, 34행 시구를 7연으로 나눈 단순한 목록으로, 각 연의 모든 시구는 서로 각운이 맞춰져 있었다. 다음과 같다.

14

a-　ants

원숭이, 전갈, 독수리, 뱀,   49
짖어대고 악쓰고 으르렁거리고 기어다니는 괴물들,[34]
(늙어빠졌으나 매력적인 요상스러운 이 존재들)[35]
핏기 없는 입술에 이빨 없는 합죽한 턱[36]
노고와 땀과 따가운 태양[37]
침묵, 그리고 무섭고 매혹적인 공간[38]
너의 흐느껴 우는 심장 속을, 너의 기쁨 넘치는 심장 속을[39]

억센 거인의 좁은 배관 속을[40]

감미롭고 나른하고 느린 리듬을 타고[41]

바람이 뒤흔든 어스름 빛 너머로[42]

커다란 꽃다발과 손수건, 그리고 장갑을 가지고[43]

용연향, 사향, 안식향, 훈향처럼[44]

짐수레처럼 또는 날카로운 보습의 날처럼[45]

오, 옷을 한탄하는 괴물들![46]

7

b'-   ique

진열창처럼 번득이는 두 눈[47]

찬란한 아프리카의 이곳에 없는 야자수[48]

잠과 황홀한 꿈의 선물[49]

옛 음절의 수많은 선율처럼[50]

오 환상의 나라에 미쳐 있는 가엾은 사내[51]

보석 없는 보석 상자, 유물 없는 유물함[52]

다른 사람들이 음악에 따라 노를 젓듯[53]

4

c-   eurs

서글픈 눈물이 섞인 미친 듯한 웃음[54]

50

창공과 물결과 찬란한 빛 가운데서[55]
하늘의 푸름처럼, 새처럼, 꽃처럼,[56]
죽은 사람들, 가엾은 그들에겐 큰 고통이 있으니[57]

3

d'- ère
열렬한 애인들과 근엄한 학자들도[58]
소리와 빛이 어우러지는 그런 것들도[59]
도시 사람도, 시골뜨기도, 떠돌이도, 붙박이도[60]

2

e- té
번화한 도시의 혼돈 속을 뚫고서[61]
우리의 부정을 씻어주는 신성한 약처럼[62]

51

f'- ondent
향기와 색채와 소리 서로 화답한다.[63]
멀리서 어우러지는 긴 메아리와도 같이.[64]

g- oir
새까만 대리석으로 만든 무덤 속 깊은 곳에[65]
소리와 향기 저녁 하늘 속에 감돈다.[66]

끝으로, 마찬가지로 아주 간략하게 다음과 같은 설명이
뒤따랐다.

그저 어떤 꿈, 어떤 무녀, 어떤 유령의 말을 받아
적듯이 써내려갔을 뿐인 이 시구들은, 차례로 그
리고 마치 무상의 것처럼, 시인의 정신에 강렬하
게 떠올랐습니다. 이 시구들 각각은 하나의 시구입
니다. 하지만 이 시구들 각각은 절대적 시구이기도
합니다. 즉 여러 개의 어휘들로부터 하나의 완전
하고 새로운 단어를, 낯설고 마치 주술과도 같은
단어를 재탄생시키는 시구.
  이제 이 '단어들' 각각으로 시를 만드십시오.
당신이 원하는 만큼 이 단어들을 취하고, 그것들
간의 운율만 맞출 수 있다면 당신이 원하는 곳에
이 단어들을 놓으십시오. 2행시부터 14행시까지,
모든 시가 가능하고 모든 각운 배치가 가능합니
다. 누군가는 그 작업에 대해 나보다 수數가 더 훌
륭한 산술가일 거라고 말할지 모릅니다.(이 '잠재
적' 작품에 의해 생산되는 시들의 정확한 수에 관해서는,
위에서 언급한 논문을 참조할 것. ―자크 루보)
  사람들은 내가 메쉬노, 푸타누스, 케넬리오스,

67 레몽 크노의 『백조 편의 시*Cent mille milliards de poèmes*』(1961)와 그 시작법을 염두에 둔 서술이다. 울리포 창단 멤버이자 20세기 프랑스 실험문학의 거성 크노는 수학적 연산 방식에 따른 언어 조합을 통해 단 열 편의 소네트로 백조 편의 시 제작 가능성을 보여준 위 시집을 발표해 문단을 놀라게 했다.

쿨만 같은 수많은 유명한 선인들이 이미 닦아놓은 길을, 이미 광활하게 경작해놓은 고랑을 모방하는 것이라 얘기할 겁니다. 사실입니다. 종이 위에 열 편의 가상 소네트만 적어놓고도, 그것들로 백조 百兆 편의 소네트를 지어줄 수 있는 잠재적 재능을 당신에게 줄 수도 있습니다.[67] 그럴 수 있었지만, 안 했던 겁니다. 그러나 그 누구도, 다시 말하지만 그 누구도 나 이전에는 이처럼 후대를 향해 이러한 거대한 반향의 멜로디들을, 이런 풍부한 울림의 놀이를 전해줄 생각을 하지 않았습니다.

　나는, 신의 입김이 나를 버리지 않는다면, 나의 임무를 더 멀리 밀어붙일 작정입니다. 절대적 교환가능성이라는 동일 원칙에 따라 우리 언어의 모든 운율에 맞는 시구를 각각 제공할 것이며, 그렇게 해서 단번에 우리 언어의 비견할 데 없는 영예의 노래를 만들 것입니다.

53

　출간된 적이 없는 이 책의 내용은 위와 같았다. 1857년 6월 25일, 『위고 베르니에의 시들』 출간이 예정되었던 최초의 날짜에서 이틀이 지난 후, 파리에서 샤를 보들레르의 『악의 꽃』 초판이 판매되었다. 그런데 모든 시들이, 분명히 말하지만 베르니에 책의 모든 시들이 『악의 꽃』 안에 그대로 (기껏해야 가끔씩 약간 변형된 형태로) 실려 있었다. 이것은 전형적인 표절에 해당했다. 그리고 표절자는? 일말의 의심 없이 보들레르였다. 위고와 비르지니의 서신은 이 점에 대해 밝혀준다. 절대적인 결백함으로, 비르지니는 (그녀의 일기에서) 1854년, 1855년, 1856년을 거치며 베르니에 원고로부터 "차용한 것들," 그리고 위선적인 증거들로 가장 커다란 찬사를 받았던 것들에 대해 얘기한다. 여기서, 『악의 꽃』이라는 제목의 숨겨지고 사악하고 음산한 이중적 의미가 별안간 드러나는 것이다.

하지만 여러분은 물을 것이다. 왜 베르니에는 그처럼 아무런 투쟁 없이 단번에 모든 것을 포기해버렸을까? 어찌 됐든 자신의 책을 왜 출판하지 않았을까? 왜 그는 표절의 증거들을 가지고 곧바로 보들레르와 세상과 맞서지 않았을까? 슬프도다! 슬프도다! 함정은 완벽했다. 사실 어떻게, 보들레르가 사후 대책을 마련하지 않은 채 그의 명성에 치명적인 부정이 되는 위험을 감수했을 거라고 상상할 수 있겠는가?

보들레르는 손쉽게 베르니에를 밀쳐내고 테오필의 애정을 차지했다. 파리의 세련된 멋쟁이는 그보다 열다섯 살이나 어린, 재기 넘치지만 서투른 시골 청년을 압도해버렸다. 그는 매우 능란하고 주도면밀했다. 젊은 경쟁자의 시를

훔쳐 이를 바탕으로 서둘러 만든 그의 모든 시 사본을 그때마다 바로 고티에에게 보낸 것이다. 따라서 비르지니가 분노로 얼굴을 붉히며 손에 증거들을 들고 찾아와 표절자를 고발했을 때, 테오필이 못 믿겠다는 태도를 취한 것 역시 모두 자신이 믿은 대로 행동한 것이다. 그녀가 고집을 굽히지 않자, 그는 그녀를 집에서 쫓아냈고 베르니에에게도 영원히 문을 닫아버렸다.

(조금 다른 얘기이지만, 보라드는 지금까지 꽤 이상하다고 여겨지던, 쥐디트 고티에가 보들레르에게 느꼈던 반감이, 그녀가 자신의 『회고록』에서 일례로 '고양이 사건'🐱을 통해

🐱 이 일화는 잘 알려져 있다. 비가 내리는 3월의 어느 날, 창가에 있던 어린 쥐디트는 멀리서 보들레르가 다가오는 것을 보았다. 그는 평소 습관대로 지극히 세련된 옷차림이었고, 스승 고티에를 만나러 오는 길이었다. 그런데 지하실 채광 환기창 앞 인도에 추위로 몸을 떨며 울고 있는 예쁜 검은 고양이 한 마리가 있었다. 보들레르는 훌쩍 뛰어오르면서 그 불쌍한 짐승에게 발길질을 하려 했다. 그러나 그는 옆으로 미끄러졌고 진흙탕에 벌러덩 자빠져버렸다. 그는 욕설과 저주를 퍼부으며 다시 일어났고 집으로 들어갔다. 곧바로 쥐디트는 그가 자신의 복장 상태를 설명하기 위해 어떻게 행동하는지를 보러 계단 아래로 뛰어내려갔다. 그녀는 그가 신랄하고 시니컬하게 자신의 '음흉한 꾀'에 대해 떠벌리는 것을 듣고는 아연실색했다.(아마도 분명히 그는 창가의 쥐디트를 알아보았을 테고, 구태의연한 거짓말을 해 반박당하고 싶지 않았을 것이다. 이 일화는 실제로 그랬던 것보다 분명히 보들레르 연구자들의 주의를 더 끌었을지 모른다는 점도 덧붙여야겠다. 모든 시와 모든 예술작품은 저자의 개성이 충실히 반영된 것인데, 어떻게 「고양이들」의 저자가 보들레르일 리는 없다는 사실을 못 알아챘겠는가? 『악의 꽃』에서 거의 완전하게 베껴쓴 소네트의 원본은 베르니에 시집 『시들』에 「늙은 엘렌」이라는 제목으로 실렸던 것이다. 이 시는 비르지니의 고양이에게 바쳐진 시다. ―자크 루보)

55

증언하고 있는 그 반감이, 비로소 좀더 분명하게 설명되는
것 같다고 생각했다. 당시 열한 살이었던 쥐디트는 틀림없이
두 젊은이의 비밀을 알고 있었을 것이다.)

비르지니는 가족에게로 돌아갔다. 위고 베르니에는 서
점 점원으로서의 초라한 삶을 다시 시작했다. 그는 시를 완
전히 단념할 뻔했다. 아무것도 쓰지 않으며 이 년을 보냈다.
(부당한 이유로, 굳이 말하자면 베르니에와는 아무런 관련
이 없는 몇몇 유해하고 '에로틱한' 작품들 때문에) 8월 20일
보들레르에게 내려진 유죄판결조차도 그에게는 아무런 위
안이 되지 못했다. 그가 살아남은 것은, 자신감을 되찾은 것
은, 바로 그가 빚졌던 비르지니의 사랑 덕분이었다.

그런데 "그토록 무거운 짐"(위고 베르니에의 『시들』 중 한
시에서 인용함—자크 루보)[68]이라 불렀던 시 작업을 용기 있게
다시 시작하면서, 베르니에는 『악의 꽃』 이후 프랑스 시가
나아가야 할 길에 대해 숙고했다. 그리고 이 심오하고 천재
적인 숙고를 통해 그의 미리 앞서간 걸작이, 드그라엘이 불
행히도 약 사분의 삼 세기가 지난 후에 발견하게 될 바로 그
작품이 솟아나왔다. 흔히 우리가 19세기 말 프랑스 시의 위
대한 시인들에게서 '보들레르의 영향'이라고 식별해내는 것
이 실제로는, 이중적 의미에서, 베르니에의 영향이었던 것이
다. 직접적으로는, (드그라엘이 확인한 것처럼) 미지의 작품

56

69 La combinatoire. 울리포 그룹이 글쓰기 규칙으로 즐겨 이용했던 형식 중 하나다. 페렉 역시 이를 애용했는데, 가장 유명한 예로 『인생 사용법』에서 작품의 각 장에 들어갈 오브제들의 분배를 위해 도입했던 10차 직교그레코라틴 제곱방진을 들 수 있다. 또 페렉은 가장 많이 사용되는 프랑스어 알파벳 열한 개—E, S, A, R, T, I, N, U, L, O, C—를 고른 후, 조합수학을 이용해 '11개 철자 × 400행'으로 이뤄진 시 「궤양Ulcéra-tions」(1974)을 발표하기도 한다.

으로 남은 두번째 책에 숨겨진 수많은 차용구들 때문에 그럴 것이다. 또 간접적으로는, 말라르메와 크로가, 그리고 랭보와 코르비에르 혹은 라포르그가 『악의 꽃』에서 보들레르적인 것을 읽는다고 믿으면서 실제로는 여전히, 그리고 영원히 베르니에를 읽었기 때문일 것이다. 다시 한번 문학사는 우연에서 벗어나는 것이라는 사실이 드러난다. 그것의 내적 일관성은 절대적인 것이다.

그런데 베르니에가 그때 집필하고 완성해 1864년에 인쇄까지 했던 그 책은 또한, 아니 무엇보다, 위대한 사랑의 노래였다. 이전 해인 1863년 봄에 비르지니 위에와 위고 베르니에는 비밀리에 결혼했다. 그들은 르아브르 근방으로 신혼여행을 떠났고, 거기서 (당시 행정구역이었던) 베르농의 작은 집에 그들의 어린 고양이 엘렌과 함께 소박한 살림을 차렸다. 위고 베르니에는 시 창작에 몰두했다. 비르지니는 영어와 피아노를 가르치면서 생활비를 벌었다(위고는 계속해서 그의 아버지 이폴리트 베롱 베르니에[1846년에 발간된 『도량형 법규표』(분류기호 BN: V 1554(2))의 공동저자이자 『인문학 수업용 산수책』(1830: BN V 54807)의 공동저자. 시인은 작품 『시들』에 명백한 방식으로 나타나 있는 '조합수학'[69]에 대한 취향을 아마도 아버지에게서 물려받았을 것이다. —자크 루보]로부터 약간의 후원금을 받았다).

57

70 트리스탕 코르비에르Tristan Corbière(1845~ 1875)의 시집『노랑빛 사랑*Les amours jaunes*』 (1873)에 실린 시「떠나는 젊은이Un jeune qui s'en va」1연.

그들의 행복은 오래 지속되지 못했다. 시인의 건강은 불안과 궁핍을 이겨내지 못했다. 오로지 초인적인 에너지와 젊은 금발 부인의 애정 어린 보살핌에 기대어 그 자신의 일을 해낼 수 있었다. 하지만 마지막으로 쓴 시를 인쇄업자에게 보낸 후, 그는 급속도로 쇠약해져버렸다(책에 실리지 않은 '마지막 시구들'은 그의 천재적 재능이 죽음이 가까워질 때까지 전혀 사라지지 않았음을 보여준다. 임의적으로 다음 구절들을 인용해보자. "오, 봄이여!—나는 풀을 뜯고 싶다!…… / 우습지 않은가: 죽어가는 이들 / 그들은 언제나 창문을 열어두지 / 봄이라는 그들의 신생아를 질투하며!"[70]). 비르지니의 팔에 안겨 숨을 거두기 전, 그에게는 마지막 기쁨인 듯 아직 신선한 인쇄 잉크를 맡아볼 시간만 겨우 남아 있었다.

비르지니는 임신한 상태였다. '뱅상'이라고 이름 지은 남자아이가 아버지가 죽고 나서 석 달 뒤에 태어났다. 이 년 뒤, 젊은 과부는 루비에 지방의 도로작업 인부인 한 선량한 남자와 재혼해 그 사이에 아들을 하나 낳아 '드니'라고 이름을 지었다. 따라서 누군가 그녀의 두번째 남편 성이 보라드라는 것을 알아챈다 해도 그리 놀라운 일은 아닐 것이다.

위고 베르니에의 마지막 뜻에 따라, 비르지니는 책 한 권을 국립도서관에 보냈다(이 책은 알다시피 사라졌다). 그녀

Clinamen. 중력이나 관성적 운동에서 벗어나는 원자의 힘이나 경향을 가리키는 물리학 용어로, 고대 철학자 에피쿠로스가 '원자 이탈' 현상을 설명하기 위해 처음 사용했다. 페렉은 클리나멘을 자신의 글쓰기의 중요한 원리로 삼았는데, 하나의 작품을 위해 다양한 수학적 조합과 복잡한 형식의 글쓰기를 실행하면서 그와 동시에 처음부터 그 모든 규칙으로부터 일탈하는 요소를 삽입해 새로운 의미와 역동성을 만들어내는 것이 이에 해당한다. 프랑스어에서 가장 많이 사용되는 알파벳 'e'를 배제한 채 집필한 장편소설 『실종』이 그 대표적 예라 할 수 있다.

는 나머지 삼백열여섯 권을 모두 보관하고 있었다. 그후 여러 해가 지나는 동안, 그녀는 당시 프랑스 시단의 모든 위대한 이름에게 (위고 베르니에의 유일한 생전 초상화를 담고 있는 그녀의 개인 소장본만을 제외하고) 그 책을 한 권 한 권 보냈다. 모두가 그 책을 읽었다. 모두 그 책을 베낀 다음, 틀림없이 모두 없애버렸을 것이다.

지금까지의 글에서 베르니에의 책에 대해 말하면서도 제목으로 그 책을 지칭하지 않은 것은 다분히 의도한 바다. 왜냐하면 드그라엘이 발견한 책에 적힌 제목은 사실 인쇄업자에 의한 오식誤植의 결과이기 때문이다. 진짜 제목은 『겨울 여행 *Le Voyage d'hiver*』이 아니라 『어제 여행 *Le Voyage d'hier*』이었다. (이 진짜 제목이 역차원의 오식에 의해 페렉 소설의 최초 판본에서 딱 한 번 인쇄된 사실 또한 주목할 만하다 — 적어도 실제로 그것이 진실에 대한 예지 능력을 입증하는 페렉의 의도적인 '클리나멘'[71]에 관련된 것이 아니라면 말이다. ─자크 루보) 이 '여행'은 책 속의 첫번째 시가 묘사하는 사랑의 여행인 '르아브르 여행'과 프랑스 시에서의 알레고리적인 여행을 동시에 가리키는 것으로, 시인은 그의 책이 재발견되어 천재성을 인정받게 될 때를 '전미래 *futur antérieur*' 형식으로 상상한 것이다.

추가 노트(자크 루보): 1992년 가을에 워런 모트 교수 초청으로 (그리고 외무부의 호의 덕분에), 나는 울리포 그룹의 폴 푸르넬과 함께 전 세계 작가들의 만남에 참석차 간 콜로라도에서 우연히 데니스 보라드 2세를 만났다. 그는 내가 이 책에 약간의 변형만 가해 재수록한 그 텍스트, 우리가 다음에 공동으로 일종의 비평서 형식을 빌려 전체를 출간하게 될 '위고 베르니에 사건'의 전모와 관련된 '서류 파일'을 내게 맡겼다.

60

조르주 페렉 연보

1936　3월 7일 저녁 9시경 파리 19구 아틀라스 거리에 있는
　　　산부인과에서 폴란드 출신 유대인 이섹 유드코 페렉Icek Judko
　　　Perec과 시를라 페렉Cyrla Perec 사이에서 태어남.

1940　6월 16일 프랑스 국적이 없어 군사 징집이 되지 않았던
　　　아버지 이섹 페렉이 자발적으로 참전한 노장쉬르센 외인부대
　　　전장에서 사망.

1941　유대인 박해를 피해 일가 전체가 이제르 지방의
　　　비야르드랑스로 떠남. 페렉은 잠시 레지스탕스 종교인들이
　　　운영하는 비야르드랑스의 가톨릭 기숙사에 머물다 나중에
　　　가족과 합류함. 이후 어머니는 적십자 단체를 통해 페렉을
　　　자유 구역인 그르노블까지 보냄.

1942-43　파리를 떠나지 못했던 어머니 시를라가 12월 말경
　　　나치군에게 체포돼 43년 1월경 드랑시에 수감되며, 2월
　　　11일 아우슈비츠로 압송된 후 소식 끊김. 이듬해 아우슈비츠
　　　수용소에서 사망했을 것으로 추정.

1945　베르코르에서 가족들과 망명해 당시 그르노블에 정착해
　　　있던 고모 에스테르 비넨펠트Esther Bienenfeld가 페렉의 양육을
　　　맡음. 고모 부부와 함께 파리로 돌아와 부유층 동네인 16구

아송시옹 가街에서 학창생활 시작. 샹젤리제 등을 배회하며
유년기와 청소년기를 보냄.

1946~54 파리의 클로드베르나르 고등학교와 에탕프의 조프루아
생틸레르 고등학교(49년 10월~52년 6월)에서 수학. 53년과
54년 에탕프의 고등학교에서 그에게 문학, 연극, 미술에 대한
열정을 일깨워준 철학 선생 장 뒤비뇨Jean Duvignaud를 만나
친분을 쌓았고, 동급생인 자크 르데레Jacques Lederer와 누레딘
메크리Noureddine Mechri를 만남.

1949 전 생애에 걸쳐 세 차례의 정신과 치료를 받는데, 처음으로
프랑수아즈 돌토Françoise Dolto에게 치료받음. 이때의 경험은
영화 〈배회의 장소들Les lieux d'une fugue〉에 상세히 기록됨.

62

1954 파리의 앙리4세 고등학교의 고등사범학교 수험준비반 1년차
수료.

1955 소르본에서 역사학 공부를 시작하다가 그의 철학 선생이었던
장 뒤비뇨와 작가이자 53년 『레 레트르 누벨Les lettres nouvelles』을
창간한 모리스 나도Maurice Nadeau의 추천으로 잡지 『N.R.F.』
지와 『레 레트르 누벨』지에 독서 노트를 실으면서 문학적
첫발을 내딛음. 분실된 원고인 첫번째 소설 『유랑하는 자들
Les Errants』을 집필함.

1956 정신과 의사 미셸 드 뮈잔Michel de M'Uzan과 상담 시작. 아버지
무덤에 찾아감. 문서계 기록원으로 첫 직업생활을 시작함.

1957 아르스날 도서관에서 아르바이트를 함. 문서화 작업과 항목
분류작업 체계는 그의 작품 주제에 대한 영감을 제공함.
결정적으로 이해에 학업을 포기함. 미출간 소설이자
분실되었다가 다시 되찾은 원고인 『사라예보의 음모L'Attentat
de Sarajevo』를 써서 작가 모리스 나도에게 보여주어 호평을
받음. 57년부터 60년 사이, 에드가 모랭이 56년에 창간한

잡지 『아르귀망*Arguments*』을 위주로 형성된 몇몇 그룹 회의에
참석함.

1958~59 58년 1월에서부터 59년 12월까지 프랑스 남부 도시 포에서
낙하산병으로 복무함. 전몰병사의 아들이라는 사유로 알제리
전투에 징집되지 않음. 59년에 『가스파르*Gaspard*』를 집필하나
갈리마르 출판사로부터 출간을 거절당함. 이후 『용병대장
Le Condottière』으로 출간됨.

1959~63 몇몇 동료들과 함께 잡지 『총전선*La Ligne générale*』을 기획.
마르크스주의에 입각한 이 잡지는 비록 출간되지는
못했지만 이후 페렉의 문학적 사상과 실천에 깊은 영향을
미침. 이 과정에서 준비한 원고들을 이후 정치문화 잡지인
『파르티장*Partisans*』에 연재함.

1960~61 60년 9월 폴레트 페트라*Paulette Pétras*와 결혼해 튀니지
스팍스에 머물다, 61년 파리로 돌아와 카르티에라탱 지구의
카트르파주 가에 정착함.

1961 자서전적 글인 『나는 마스크를 쓴 채 전진한다*J'avance masqué*』를
집필했으나 갈리마르 출판사로부터 출간을 거절당함.
이 원고는 이후 『그라두스 아드 파르나숨*Gradus ad Parnassum*』으로
다시 재구성되나 분실됨.

1962 61년부터 국립과학연구센터*CNRS*에서 신경생리학
자료조사원으로 일하기 시작. 또 파리 생탕투안 병원의
문헌조사원으로도 일함. 78년 아셰트 출판사의 집필지원금을
받기 전까지 생계유지를 위해 이 두 가지 일을 계속함.

1962~63 프랑수아 마스페로*François Maspero*가 61년에 창간한
『파르티장』에 여러 글을 발표함.

1963~65 스물아홉의 나이에 『사물들*Les Choses*』을 출간하며 문단의
커다란 주목을 받음. 그해 르노도 상 수상.

63

1966 중편소설『마당 구석의 어떤 크롬 자전거를 말하는 거니?*Quel petit vélo à guidon chrome au fond de la cour?*』출간.『사물들』의 시나리오 작업을 위해 장 맬랑, 레몽 벨루와 함께 스팍스에 체류.

1967 3월 수학자, 과학자, 문학인 등이 모인 실험문학 모임 '울리포OuLiPo'에 정식 가입. '잠재문학 작업실'이라는 뜻을 지닌 울리포 그룹은 작가 레몽 크노Raymond Queneau와 수학자 프랑수아 르 리오네François le Lionnais가 결성했는데, 훗날 페렉은 자신의 소설『인생사용법』을 크노에게 헌정함. 9월, 장편소설 『잠자는 남자*Un homme qui dort*』출간.

1968 파리를 떠나 노르망디 지방의 물랭 당데에 체류. 자크 루보 Jacques Roubaud를 비롯한 울리포 그룹 일원들과 친분을 돈독히 함. 5월에 68혁명이 일어나자 물랭 당데에 계속 머물며 알파벳 'e'를 뺀 리포그람 장편소설『실종*La Disparition*』을 집필함.

1969 비평계와 독자들을 모두 당황하게 한『실종』출간. 피에르 뤼송, 자크 루보와 함께 바둑 소개서인『오묘한 바둑기술 발견을 위한 소고*Petit traité invitant à la découverte de l'art subtil du go*』 출간. 68혁명의 실패를 목도한 페렉은 이데올로기의 실천에 절망하며 이후 약 삼 년간 형식적 실험과 언어 탐구에만 몰두함.『W 또는 유년의 기억*W ou le souvenir d'enfance*』을『캥젠 리테레르*Quinzaine littéraire*』지에 이듬해까지 연재함.

1970 페렉이 집필한 희곡『증대*L'Augmentation*』가 연출가 마르셀 뛰블리에의 연출로 파리의 게테-몽파르나스 극장에서 초연됨. 울리포 그룹에 가입한 첫 미국 작가 해리 매슈스Harry Mathews와 친분을 맺음.

1971~75 정신과 의사 장베르트랑 퐁탈리스Jean-Bertrand Pontalis와 정기적으로 상담함.

1972 『실종』과 대조를 이루는 장편소설『돌아온 사람들Les Revenentes』
출간. 이 소설에서는 모음으로 알파벳 'e'만 사용함. 고등학교
시절 스승인 장 뒤비뇨와 함께 잡지『코즈 코뮌Cause Commune』
의 창간에 참여함.

1973 꿈의 세계를 기록한 에세이『어렴풋한 부티크La Boutique obscure』
출간. 울리포 그룹의 공동 저서『잠재문학. 창조, 재창조,
오락La littérature potentielle. Création, Re-créations, Récréations』이 출간됨.
페렉은 이 책에「리포그람의 역사Histoire du lipogramme」를 비롯한
짧은 글들을 게재.『일상 하위의 것L'infra-ordinarie』을 집필함.

1973~74 영화감독 베르나르 케이잔과 함께 흑백영화〈잠자는 남자〉 65
공동 연출. 이 영화로 매년 최고의 신진 영화인에게 수여하는
장 비고 상을 수상함.

1974 공간에 대한 명상을 담은 에세이『공간의 종류들Espèces
d'espaces』출간. 페렉의 희곡『시골파이 자루La Poche Parmentier』가
니스 극장에서 초연되고 베르나르 케이잔이 영화로도
만듦. 해리 매슈스의 소설『아프가니스탄의 녹색 겨자 밭
Les Verts Champs de moutarde de l'Afganistan』번역, 출간. 플로베르의
작업을 다룬 케이잔 감독의 영화〈귀스타브 플로베르Gustave
Flaubert〉의 텍스트를 씀. 파리의 린네 가에 정착, 본격적으로
『인생사용법』집필에 몰두함.

1975 픽션과 논픽션을 결합한 자서전『W 또는 유년의 기억』
출간. 잡지『코즈 코뮌』에「파리의 어느 장소에 대한 완벽한
묘사 시도Tentative d'épuisement d'un lieu parisien」게재, 이후 이 글은
소책자로 82년에 출간됨. 6월부터 여성 시네아스트 카트린
비네Catherine Binet와 교제 시작. 이후 비네는 페렉과 동거하며
그의 임종까지 함께함.

1976 화가 다도Dado가 흑백 삽화를 그린 시집『알파벳Alphabets』출간.

크리스틴 리핀스카Christine Lipinska의 17개의 사진과 더불어 17개의 시가 실린 『종결La Clôture』을 비매품 100부 한정판으로 제작함. 레몽 크노의 『혹독한 겨울Un rude hiver』에 소개글을 실음. 파리 16구에서 보냈던 유년기와 청소년기의 방황을 추적하는 단편 기록영화 〈배회의 장소들〉 촬영. 주간지 『르 푸앵Le Point』에 『십자말풀이Les Mots Croisés』 연재 시작. 페렉이 시나리오를 쓴 케이잔 감독의 영화 〈타자의 시선L'œil de l'autre〉이 소개됨.

1977 「계략의 장소들Les lieux d'une ruse」(이후 『생각하기 / 분류하기』에 포함됨)을 집필함.

1978 에세이 『나는 기억한다Je me souviens』 출간. 9월에 장편소설 『인생사용법』 출간. 이 작품으로 프랑스 대표 문학상 중 하나인 메디치 상을 수상하고 아셰트 출판사의 집필지원금을 받아 전업작가가 됨.

1979 아셰트에서 발간한 비매품 소책자 『세종Saisons』에 처음으로 「겨울 여행Le Voyage d'hiver」이 발표됨. 이후 1993년 단행본으로 쇠유에서 출간. 『어느 미술애호가의 방Un Cabinet d'amateur』 출간. 크로스워드 퍼즐 문제를 엮은 『십자말풀이』가 출간되고, 이 1권에는 어휘 배열의 기술과 방법에 대한 저자의 의견이 선행되어 실려 있음. 86년에 2권이 출간됨. 로베르 보베르와 함께 미국을 여행하면서, 20세기 초 미국에 건너온 유대인 이민자들의 삶을 다룬 기록영화 〈엘리스 아일랜드 이야기. 방랑과 희망의 역사Récits d'Ellis Island. Histoires d'errance et d'espoir〉 제작. 이 영화 1부의 대본과 내레이션, 2부의 이민자들 인터뷰를 페렉이 맡음. 알랭 코르노 감독의 〈세리 누아르Série noire〉 (원작은 짐 톰슨Jim Thompson의 소설 『여자의 지옥A Hell of a Woman』)를 각색함.

1980 영화의 1부에 해당하는 에세이 『엘리스 아일랜드 이야기.
      방랑과 희망의 역사』 출간. 시집 『종결, 그리고 다른 시들
      La Clôture et autres poèmes』 출간.

1981 시집 『영원*L'Éternité*』과 희곡집 『연극 I *Théâtre I*』 출간. 해리
      매슈스의 소설 『오드라데크 경기장의 붕괴*Le Naufrage du stade
      Odradek*』 번역, 출간. 로베르 보베르의 영화 〈개막식*Inaugura-
      tion*〉의 대본을 씀. 카트린 비네의 영화 〈돌랭장 드 그라츠
      백작부인의 장난*Les Jeux de la comtesse Dolingen de Gratz*〉 공동 제작. 이
      영화는 81년 베니스 영화제에 초청되며, 같은 해 플로리다
      영화비평가협회FFCC 상을 수상. 화가 쿠치 화이트Cuchi White가   67
      그림을 그리고 페렉이 글을 쓴 『눈먼 시선*L'Œil ébloui*』 출간.
      호주 퀸스 대학의 초청으로 호주를 방문해 약 두 달간 체류.
      그해 12월 기관지암 발병.

1982 잡지 『르 장르 위맹*Le Genre humain*』 2호에 그가 생전에 발표한
      마지막 원고 「생각하기 / 분류하기」가 실림. 이 책은 사후 3년
      뒤인 85년에 출간됨. 3월 3일 파리 근교 이브리 병원에서
      마흔여섯번째 생일을 나흘 앞두고 기관지암으로 사망.
      그의 유언에 따라 파리의 페르라셰즈 묘지에서 화장함.
      미완성 소설 『53일*Cinquante-trois Jours*』을 남김. 카트린 비네의
      영화 〈눈속임 *Trompe l'oeil*〉에서 쿠치의 사진과 미셸 뷔토르의
      시 「멍한 시선」과 더불어 페렉의 산문 「눈부신 시선」과 시
      「눈속임」이 대본으로 쓰임.

      ∗ 1982년에 발견된 2817번 소행성에 '조르주 페렉'이라는
        이름이 붙여졌으며, 1994년 파리 20구에 '조르주 페렉 거리rue
        de Georeges Perec'가 조성되었다.

조르주 페렉 작품 목록

저서(초판)

『사물들』
Les Choses
Paris: Julliard, collection "Les Lettres Nouvelles," 1965, 96p.

『마당 구석의 어떤 크롬 도금 자전거를 말하는 거니?』
Quel petit vélo à guidon chromé au fond de la cour?
Paris: Denoël, collection "Les Lettres Nouvelles," 1966, 104p.

『잠자는 남자』
Un homme qui dort
Paris: Denoël, collection "Les Lettres Nouvelles," 1967, 163p.

『임금 인상을 요청하기 위해 과장에게 접근하는 기술과 방법』
L'art et la manière d'aborder son chef de service pour lui demander une augumentation
L'Enseignement programmé, décembre, 1968, n° 4, p.45~66

『실종』
La Disparition
Paris: Denoël, collection "Les Lettres Nouvelles," 1969, 319p.

『돌아온 사람들』
Les Revenentes
Paris: Julliard, collection "Idée fixe," 1972, 127p.

『어렴풋한 부티크』
La Boutique obscure
Paris: Denoël-Gonthier, collection "Cause commune," 1973, non paginé, postface de Roger Bastide.

『공간의 종류들』
Espèces d'espaces
Paris: Galilée, collection "L'Espace critique," 1974, 128p.

『파리의 어느 장소에 대한 완벽한 묘사 시도』
Tentative d'epuisement d'un lieu parisien
Le Pouurissement des sociétés, Cause commune, 1975/1, Paris: 10/18 (n° 936), 1975, p.59–108. Réédition en plaquette, Christian Bourgois Éditeur, 1982, 60p.

『W 또는 유년의 기억』
W ou le souvenir d'enfance
Paris: Denoël, collection "Les Lettres Nouvelles," 1975, 220p.

『알파벳』
Alphabets
Paris: Galilée, 1976, illustrations de Dado en noir et blanc, 188p.

『나는 기억한다: 공동의 사물들 I』
Je me souviens. Les choses communes I
Paris: Hachette, collection "P.O.L.," 1978, 152p.

『십자말풀이』
Les Mots croisés
Paris: Mazarine, 1979, avant-propos 15p., le reste non paginé.

『인생사용법』
La Vie mode d'emploi
Paris: Hachette, collection "P.O.L.," 1978, 700p.

『어느 미술애호가의 방』
Un Cabinet d'amateur, histoire d'un tableau
Paris: Balland, collection "L'instant romanesque," 1979, 90p.

『종결, 그리고 다른 시들』
La Clôture et autres poèmes
Paris: Hachette, collection "P.O.L.," 1980, 93p.

『영원』
L'Éternité
Paris: Orange Export LTD, 1981.

『연극 I』
Théâtre I, La Poche Parmentier précédé de L'Augmentation
Paris: Hachette, collection "P.O.L.," 1981, 133p.

『생각하기 / 분류하기』
Penser/Classer
Paris: Hachette, collection "Textes du 20 siècle," 1985, 185p.

『십자말풀이 II』
Les Mots croisés II
Paris: P.O.L. et Mazarine, 1986. avant-propos 23p., le reste non paginé.

71

『53일』
Cinquante-trois Jours
Texte édité par Harry Mathews et Jacques Roubaud, Paris: P.O.L., 1989, 335p.

『일상 하위의 것』
L'infra-ordinaire
Paris: Seuil, collection "La librairie du 20 siècle," 1989, 128p.

『기원』
Vœux
Paris: Seuil, collection "La librairie du 20 siècle," 1989, 191p.

『나는 태어났다』
Je suis né
Paris: Seuil, collection "La librairie du 20 siècle," 1990, 120p.

『소프라노 성악가, 그리고 다른 과학적 글들』
Cantatrix sopranica L. et autres écrits scientifiques
Paris: Seuil, collection "La librairie du 20 siècle," 1991, 123p.

『총전선. 60년대의 모험』
L. G. Une aventure des années soixante
Recueil de textes avec une préface de Claude Burgelin, Paris: Seuil, collection "La librairie du 20 siècle," 1992, 180p.

『인생사용법 작업 노트』
Cahier des charges de La vie mode d'emploi
Edition en facsimiél, transcription et présentation de Hans Hartke,
Bernard Magné et Jacques Neefs, Paris: CNRS/Zulma, 1993.

『겨울 여행』
Le Voyage d'hiver
Paris: Seuil, collection "La librairie du 20 siècle," 1993.

『아름다운 실재, 아름다운 부재』
Beaux présents belles absentes
Paris: Seuil, 1994.

『엘리스 아일랜드』
Ellis Island
Paris: P.O.L., 1995.

『페렉 / 리나시옹』
Perec/rinations
Paris: Zulma, 1997.

공저

『오묘한 바둑기술 발견을 위한 소고』, 피에르 뤼송, 자크 루보와 공저
Petit traité invitant à la découverte de l'art subtil du go
Paris: Christian Bourgois, 1969, 152p.

『잠재문학. 창조, 재창조, 오락』, 울리포
La Littérature potentielle. Créations, Recréations, Récréations
Paris: Gallimard/Idées, n° 289, 1973, 308p.

『엘리스 아일랜드 이야기. 방랑과 희망의 역사』, 로베르 보베르와 공저
Récit d'Ellis Island. Histoires d'errance et d'espoir
Paris: Sorbier/INA, 1980, 149p.

『눈먼 시선』, 쿠치 화이트와 공저
L'Œil ébloui
Paris: Chêne/Hachette, 1981.

『잠재문학의 지형도』, 울리포
Atlas de littérature potentielle
Paris: Gallimard/Idées, n° 439, 1981, 432p.

『울리포 총서』
  La Bibliothèque oulipienne
  Paris: Ramsay, 1987.

『사제관과 프롤레타리아. PALF보고서』, 마르셀 베나부와 공저
  Presbytère et Prolétaires. Le dossier PALF
  Cahiers Georges Perec no 3, Paris: Limon, 1989, 118p.

『파브리치오 클레리치를 위한 사천여 편의 산문시들』,

  파브리치오 클레리치와 공저
  Un petit peu plus de quatre mille poèmes en prose pour Fabrizio Clerici
  Paris: Les Impressions Nouvelles, 1996.

역서

해리 매슈스, 『아프가니스탄의 녹색 겨자 밭』
  Les verts champs de moutarde de l'Afganistan
  Paris: Denoël, collection "Les Lettres Nouvelles," 1974, 188p.

—, 『오드라데크 경기장의 붕괴』
  Le Naufrage du stade Odradek
  Paris: Hachette, collection "P.O.L.," 1981, 343p.

자크 루보 연보

1932 12월 5일 프랑스 론의 칼뤼레퀴르에서 태어남. 부모 모두
        교사였으며, 특히 그의 어머니 쉬잔 몰리노Suzanne Molino
        는 프랑스 고등사범학교에 입학(1927)한 최초의 여성 중
        하나였음. 이후, 가족과 함께 카르카손에서 유년기를 보냄.

1944 해방 후 가족을 따라 파리에 정착. 루이 아라공Louis Aragon의
        눈에 띄어, 열두 살에 첫 시집 『청춘의 시들Poésies juvéniles』을
        출간. 이후, 파리 고등사범학교 문과 준비반에 들어가나
        네르발 시에 관한 졸업 논문을 제출한 후 고등사범학교
        진학 포기.

1952 두번째 시집 『저녁 여행Voyage du soir』 출간. 앙리 푸앵카레
        연구소에서 본격적인 수학 공부 시작. 이곳에서 평생 수학
        연구 동료가 될 피에르 뤼송Pierre Lusson을 만남.

1958 파리 10대학과 렌 대학에서 수학 강의 시작.

1961 동생 장르네Jean-René의 자살로 충격을 받은 후, 이를
        극복하고자 다시 방대한 창작 계획을 구상함. 소네트
        형식에 심취해 이에 기반을 둔 다양한 문학 실험을 시작함.
        이후 수학자 부르바키 집단의 작품에 대한 관심과 더불어
        문학에 수학을 접목한 작업에 관심을 갖게 됨.

1965 루이 아라공의 주최로 파리의 테아트르 레카미에Théâtre
     Récamier 극장에서 열린 '이 시대의 시인 여섯 명과 음악
     하나' 행사에, 여섯 시인 중 한 사람으로 초대됨.

1966 레몽 크노의 추천으로 울리포 그룹에 가입. 이후, 울리포의
     열성 멤버로 활동하면서 '바오밥baobab,' '울리포식 일반
     하이쿠haïku oulipien généralisé,' '접목 알렉상드랭Alexandrin
     greffé,' '조세핀Joséphine' 등과 같은 수많은 글쓰기 규칙들을
     만들어냄.

1967 바둑의 원리를 이용해 쓴 소네트 시집『∈』출간. 렌
     대학에서 대수학 유형에 관한 연구로 수학 박사학위 취득.

1969 피에르 뤼송, 조르주 페렉과 함께 바둑 소개서인『오묘한
     바둑기술 발견을 기술을 위한 소고Petit traité invitant à la découverte
     de l'art subtil du go』출간.

1970 일본 중세시에 영향받은 시들을 모은 시집『사물에 대한
     감정Mono no aware (le sentiment des choses)』출간.

1973 시집『31의 세제곱Trente et un au cube』출간.

1977 시와 산문으로 구성된『자서전, 제10장, 산문이 휴식의
     순간처럼 섞여 있는 시들Autobiographie, chapitre dix, poèmes avec des
     moments de repos en prose』출간.

1978 『성배 이야기Graal fiction』출간.

1980 아마추어 사진작가이자 젊은 철학연구자였던 스무 살
     연하의 알릭스 클레오 블랑셰트Alix Cléo Blanchette와 결혼.
     페렉이 결혼 축시를 지어줌.

1981 폴 브라포르Paul Braffort와 함께, 수학과 컴퓨터를 이용한
     문학 작업실인 '알라모ALAMO' 창설.

1983 1월 28일 부인 알릭스 클레오 사망. 어릴 때부터 천식을
     앓아온 부인의 갑작스러운 죽음에 커다란 충격을 받아,
     거의 1년에 한 권씩 다산하던 작가에게 긴 침묵이 이어짐.

1985 루보 스스로 '가짜 소설pseudoroman'이라고 부른 '오르탕스'
　　 시리즈 삼부작 중 첫 작품 『미녀 오르탕스La Belle Hortense』
　　 (오르탕스 1) 출간. 6행 연구 여섯과 3행 연구 하나로 된
　　 정형시인 섹스틴sextine 형식에 기반을 둔 이 소설 시리즈는
　　 원래 총 여섯 권으로 구상되나 현재까지 세 권만 출간됨.

1986 부인 알릭스 클레오를 회고하는 시집 『검은 어떤 것Quelque
　　 chose noir』을 출간. 이 시집은 중세 남프랑스의 음유시인풍의
　　 기법을 정교한 섹스틴 양식으로 완벽하게 부활시켰다는
　　 평가를 받으며, 그해 '프랑스 퀼튀르 상'을 수상함.

1987 『오르탕스 납치L'Enlèvement d'Hortense』(오르탕스 2) 출간.　　　　　77

1989 산문 시기의 출발을 알리는 자칭 '기획projet' 분서 시리즈
　　 첫 권으로 『런던 대화재, 삽입절과 분기分岐가 있는
　　 이야기—파멸Le Grand Incendie de Londres, récit avec incises et bifurcations.
　　 La Destruction』(기획 분서 1) 출간. 총 여섯 개의 분서分書로
　　 구성되는 이 '기획' 시리즈는 음유시인풍의 노래 형식과
　　 수학적 제약이 버무려진, 소설과 에세이의 경계를
　　 넘나드는 독창적인 작품이다. 루보는 흩어진 옛 시간에
　　 자신의 기억과 관련한 번호를 붙이고 자기 삶의 함수
　　 곡선에서 분지branche로서의 기억 여정을 쫓아 여섯 권으로
　　 분책해 서술했다. 쓰고 싶었으나 끝내 이루지 못한 미완의
　　 소설, 시, 수학, 창작 과정, 유년시절 등의 내용으로 자신의
　　 삶을 애도한 자전적 작품.

1990 『오르탕스 추방L'Exil d'Hortense』(오르탕스 3) 출간. 파리
　　 소르본 대학에서 이브 본푸아의 지도하에 프랑스 소네트
　　 형식의 변천사에 관한 연구로 문학 박사학위 취득. 이해,
　　 프랑스 문화부에서 수여하는 '시詩 국가 대상' 수상.

1991 루이스 캐럴의 문학에 관한 연구서 『루이스 세계의 복수성
　　 La pluralité des mondes de Lewis』 출간.

1992 『울리포 총서 *La Bibliothèque Oulipienne*』제53호에『어제 여행
     Le Voyage d'hier』발표.

1993 『고리 *La boucle*』(기획 분서 2) 출간.

1996 『세 번의 숙고 *Trois ruminations*』출간.

1997 조르주 페렉의『겨울 여행』과 합본한『겨울 여행 / 어제
     여행』출간.『수학 : *Mathématique :*』(기획 분서 3 제1부) 출간.

2000 『시 : *Poésie :*』(기획 분서 4) 출간.

2001 파리 고등사회과학연구원 책임교수직에서 은퇴.

2002 『바르부르크 도서관. 혼합 버전 *La Bibliothèque de Warburg. Version*
     mixte』(기획 분서 5) 출간.

2003 작곡가 프랑수아 사란 François Sarhan과 공동작업으로『사물에
     대한 감정의 무한한 연속 *Grande Kyrielle du Sentiment des choses*』출간.

2008 『정언적 명령 *Impératif catégorique*』(기획 분서 3 제2부),『분해
     La dissolution』(기획 분서 6) 출간. 이해, 그의 시작품 전체를
     기리는 '아카데미 프랑세즈 폴모랑 문학 대상' 수상.

2012 11월『파리의 버스에 대한 29행의 서정 단시 短詩 *Ode à la ligne*
     29 des autobus parisiens』출간.

2014 『8각형. 시집, 약간의 산문 *Octogone. Livre de poésie, quelquefois prose*』
     출간.

78

자크 루보 저술 목록

『청춘의 시들』   79
   Poésies juvéniles
   Montpellier: Éd. C.G.C., 1944.
『저녁 여행』
   Voyage du soir
   Poésie 52 (Coll. Pierre Seghers n° 161), Paris: Seghers, 1952.
『∈』
   ∈
   Paris: Gallimard, 1967.
『오묘한 바둑기술 발견을 위한 소고』, 피에르 뤼송, 조르주 페렉과 공저
   Petit traité invitant à la découverte de l'art subtil du go
   Paris: Christian Bourgois, 1969.
『사물에 대한 감정』
   Mono no aware (le sentiment des choses)
   Paris: Gallimard, 1970.
『31의 세제곱』
   Trente et un au cube
   Paris: Gallimard, 1973.
『자서전, 제10장, 산문이 휴식의 순간처럼 섞여 있는 시들』
   Autobiographie, chapitre dix, poèmes avec des moments de repos en prose
   Paris: Gallimard, 1977.

『성배 이야기』
   Graal fiction
   Paris: Gallimard, 1978.

『미녀 오르탕스』(오르탕스 시리즈 1)
   La Belle Hortense
   Paris: Ramsay, 1985.

『검은 어떤 것』
   Quelque chose noir
   Paris: Gallimard, 1986.

『오르탕스 납치』(오르탕스 시리즈 2)
   L'Enlèvement d'Hortense
   Paris: Ramsay, 1987.

『런던 대화재, 삽입절과 분기分岐가 있는 이야기—파멸』(기획 분서 1)
   Le Grand Incendie de Londres, récit avec incises et bifurcations.
   La Destruction
   Paris: Seuil (coll. Fiction et Cie), 1989.

『오르탕스 추방』(오르탕스 시리즈 3)
   L'Exil d'Hortense
   Paris: Seghers (coll. Mots), 1990.

『루이스 세계의 복수성』
   La pluralité des mondes de Lewis
   Paris: Gallimard, 1991.

『어제 여행』
   Le Voyage d'hier
   in *La Bibliothèque Oulipienne*, n° 53, 1992.

『고리』(기획 분서 2)
   La boucle
   Paris: Seuil (coll. Fiction & Cie), 1993.

『세 번의 숙고』
   Trois ruminations
   in *La Bibliothèque Oulipienne*, n° 81, 1996.

『수학:』(기획 분서 3 제1부)
Mathématique :
Paris: Seuil (coll. Fiction & Cie), 1997.

『시:』(기획 분서 4)
Poésie :
Paris: Seuil (coll. Fiction & Cie), 2000.

『바르부르크 도서관. 혼합 버전』(기획 분서 5)
La Bibliothèque de Warburg. Version mixte
Paris: Seuil (coll. Fiction & Cie), 2002.

『사물의 대한 감정의 무한한 연속』
Grande Kyrielle du Sentiment des choses
Paris: Éd. Nous, 2003.

81

『정언적 명령』(기획 분서 3 제2부)
Impératif catégorique
Paris: Seuil (coll. Fiction & Cie), 2008.

『분해』(기획 분서 6 최종)
La dissolution
Paris: Éd. Nous, 2008.

『파리의 버스에 대한 29행의 서정 단시短詩』
Ode à la ligne 29 des autobus parisiens
Paris: Éditions Attila, 2012.

『8각형. 시집, 약간의 산문』
Octogone. Livre de poésie, quelquefois prose
Paris: Gallimard, 2014.

김호영

작품 해설

거짓말, 그리고 우정—
페렉과 루보의 (여행) 이야기

이 책은 서로 다른 두 편의 소설이기도 하고, 하나의 이야기를 구성하
는 한 편의 소설이기도 하다. 처음 페렉의 「겨울 여행」은 아셰트 출판
사에서 발간한 비매품 소책자 『세종Saisons』(1979년)에 세 편의 다른
단편소설들과 함께 실렸다. 그후 이 짧은 소설은 『아셰트 앵포르마시
옹Hachette Informations』(1980년 3~4월, 제18호)이라는 잡지에 실렸고, 문
학잡지 『마가진 리테레르Le Magazine littéraire』(1983년, 제193호)에서 페
렉을 집중적으로 조명한 당호를 발간하며 다시 전문이 소개된다. 그
리고 첫 단행본 『겨울 여행』(1993년)이 쇠유Seuil 출판사의 '20세기
총서' 시리즈에 포함되어 얇은 소책자로 출간된다. 이어 루보의 제의
와 페렉 유족의 동의로 마침내 한 권으로 합쳐져 르파쇠르Le Passeur 출
판사에서 『겨울 여행 / 어제 여행』(1997)이라는 제목으로 발표된다.
이후 페렉의 이 인상적인 '위고 베르니에' 이야기에 영감 받아 루보
가 그랬듯, 울리포 회원 에르베 르 텔리에Hervé Le Tellier가 속편을 발표
했고, 이어 가장 활발히 활동중인 울리포 구성원 열다섯 명이 이 이
어쓰기를 더 확대해 '공동창작 소설'의 새로운 장르 모험을 보여주는
『겨울 여행 & 그 연작들Le Voyage d'hiver & ses suites』(2013)을 펴냈다. 이렇
게만 꼽아도 벌써 여섯 번이나 여기저기서 발표된 셈이다. 한편, 루보
의 『어제 여행』은 맨 처음 울리포 그룹의 정기간행물인 『울리포 총서

La Bibliothèque Oulipienne』(1992년 5월, 제53호)에 실렸다가 쇠유 연작집에 다시 묶였다. 초판본 역시 비매품 간행물로 단 150부만 인쇄되었다.

출판 과정만 놓고 보면 두 소설은 서로 다른 두 작가가 집필하고 전혀 다른 제작 과정을 거쳐 발표된 두 개의 독립된 작품이다. 그러나 『겨울 여행 / 어제 여행』이라는 책을 다 읽고 나면 누구든 두 소설이 서로 다른 별개의 작품이라고 선뜻 단언하기 어렵게 된다. 두 소설 모두 위고 베르니에, 뱅상 드그라엘, 드니 보라드 등 공통의 인물들을 등장시키면서 '미리 앞서간 표절'이라는 공통의 주제를 다루고 있기 때문이다. 특히 두 소설은 위고 베르니에라는 실존 / 허구 인물의 작품들을 중심으로 프랑스 문학사의 이면을 드러내는 데 초점을 맞춘다. 소설 속의 소설, 즉 『겨울 여행』 속의 『겨울 여행』이 오분의 일은 "통과의례와 같은" 짧은 여행의 기록으로 이루어지고 오분의 사는 "격앙된 서정으로 쓴 긴 참회"의 글들로 이루어진 것처럼, 『겨울 여행 / 어제 여행』 또한 오분의 일은 거대한 상상 세계로의 입문과도 같은 페렉의 짧은 소설(『겨울 여행』)로 이루어지고 오분의 사는 그 소설의 조각들로부터 이야기의 실타래를 풀어가는 루보의 소설(『어제 여행』)로 이루어져 있다. 그러니까 두 소설은 서로 긴밀히 엮여 있고 부단히 서로를 지시할 뿐 아니라 동일한 주제, 동일한 인물들, 동일한 이야기를 다루는 '한 편의 소설'인 것이다.

미리 앞서간 표절, 혹은 표절과 창작 사이

페렉의 『겨울 여행』의 화두는 한마디로 '미리 앞서간 표절'이다. 젊은 문학선생인 주인공 뱅상 드그라엘은 1939년 이차대전 발발 직전 무렵에 그의 동료 드니 보라드의 시골 별장에서 『겨울 여행』이라는 시집을 우연히 발견한다. 이 시집은 위고 베르니에라는 한 무명 시인이 발간한 것으로, 로트레아몽, 말라르메, 랭보, 베를렌 등 19세기 후반 프랑스 유명 시인들의 시구들을 모아놓은 경이로운 모자이크 같았다. 그런데 드그라엘은 이 책의 발간 연도를 확인하고는 경악을 금치 못한다. '1864'라는 출간 연도는 위고 베르니에라는 무명 시인이 19세기 말 위대한 시인들의 시구를 수 년 내지는 수십 년 앞서 창작했고 이를 그 위대한 시인들이 표절했다는 것을 의미하기 때문이다. 이후, 드그라엘은 이들의 표절 사실을 입증하기 위해 그의 인생 전부를 바치지만, 모든 자료들과 증거들이 폐기되어 끝내 뜻을 이루지 못한다. 결국 애매모호한 결말로 끝나는 페렉의 소설은 미리 앞서간 표절이 정말로 가능한 것인가라는 질문을 남긴다. 인쇄된 오백 권의 책을 비롯해 작가의 출생신고서, 사망신고서, 국립도서관에 제출한 견본 등 모든 증거자료가 완벽하게 소실되었다는 것은 이 미리 앞선 표절 작품(시집 『겨울 여행』)의 존재가 사실일 수도, 혹은 사실이 아닐 수도 있다는 것을 암시하기 때문이다. 그 덕분에, 프랑스 문학의 황금기를 장식했던 대시인들은 한 무명 시인의 표절자라는 누명에서 한 발은 뺄 수 있게 된다.

85

　루보의 『어제 여행』은 페렉의 이야기에 여러 이야기를 덧붙인다. 아니, 정확히 말하면 『겨울 여행』의 함축적인 에피소드에서 시작해 전혀 예상치 못한 이야기의 실타래를 풀어간다. 우선, 『어제 여행』에는 『겨울 여행』에 등장하지 않았던 인물들이 다수 등장한다. 그중 몇몇은 서사적으로 중요한 역할을 수행하는데, 드그라엘의 동료였던 드니 보라드의 아들 데니스 보라드와 V와 H를 이름의 이니셜로 갖는 두 여인, 비르지니 엘렌Virginie Hélène과 비르지니 위에Virginie Huet가 그들이다. 존스 홉킨스 대학의 프랑스 문학 전공 교수인 데니스 보라드는 페렉의 『겨울 여행』을 읽고 아버지 드니 보라드와 뱅상 드그라엘, 그리고 위고 베르니에의 생애에 관심을 갖게 되며, 고모인 비르지니 엘렌의 도움을 받아 위고 베르니에와 19세기 후반 프랑스 시인들 사이의 관계에 대해 새로운 진실을 발견한다. 비르지니 위에는 『겨울 여행』에서는 언급되지 않았던 위고 베르니에의 부인으로, 베르니에의 시작詩作 활동을 물심양면으로 도와주었을 뿐 아니라 베르니에의 문학적 위대함을 입증할 수 있는 자료들을 남긴다. 비르지니 엘렌(보라드)은 드니(보라드)의 여동생으로 전쟁 후 프랑스를 떠나 호주에 정착하는데, 오랜 세월이 흐른 후 호주에서 조카 데니스 보라드를 만나 그녀가 보관하고 있던 집안의 자료들을 건네준다. 이 자료들은『겨울 여행』의 실재를 입증해주는 결정적인 증거들을 포함하고 있을 뿐 아니라, 베르니에가『겨울 여행』이전에『위고 베르니에의 시들』이라는 또하나의 시집을 발표했었다는 사실도 알려준다.

그런데『어제 여행』에서 문제가 되는 위고 베르니에의 책은『겨울 여행』이 아니라 바로 이『위고 베르니에의 시들』이다. 왜냐하면 이 책에 실린 모든 구절들은 그보다 이틀 뒤에 발표된 보들레르의 시집『악의 꽃』에 거의 그대로 재등장하기 때문이다. 베르니에의 이 첫번째 시집은 1857년 6월 23일에 출간되기로 예정되었다가 인쇄업자의 알 수 없는 사정으로 제작이 지연되었고 결국 출간도 무산되었다. 비르지니 엘렌이 보관하고 있던 자료들 중 일부, 즉 위고 베르니에와 그의 스승 테오필 고티에 사이에 오갔던 무수한 편지와 여타 자료들은 보들레르의『악의 꽃』이 베르니에의『위고 베르니에의 시들』의 완벽한 표절작임을 증명해준다. 보들레르는 베르니에가 고티에에게 보낸 시들을 중간에서 가로챈 후 그것을 재조합해 그의『악의 꽃』을 만들어낸 것이다! 랭보와 말라르메 등 다른 시인들이 베르니에의 두번째 시집에서 시구를 하나씩 가져와 썼다면, 보들레르는 아예 베르니에의 첫번째 시집을 구성만 달리한 채 통째로 가져다 자신의 시집으로 탈바꿈시켰다. 이제 문제는 더이상 미리 앞서간 표절이 아니라 '표절인가 창작인가'의 시비 가리기가 된다.『어제 여행』의 끝에서, 프랑스 문학을 대표하는 위대한 시인 보들레르는 한낱 표절자이자 사기꾼으로 전락하고 만다.

이 책에서 더욱 흥미로운 것은, 이 두 개의 표절 이야기에 또하나

의 표절 이야기가 더해진다는 것이다. 이 세번째 표절은 『겨울 여행/
어제 여행』의 두 저자 사이에서 이루어진다. 루보가 『어제 여행』에서
들려주는 드니 보라드의 파란만장한 삶의 일부는 페렉의 미완성 소
설 『53일53 jours』(1989)의 내용 중 일부를 적절히 압축한 것과 다름없
기 때문이다. 이차대전 당시 그랑드 샤르트뢰즈 산악지대에 특공대
가 투하되고, 게슈타포에게 동료들을 밀고한 배신자가 루비에르라
는 가명을 쓴 로베르 세르발이며, 그 배신을 복수하기 위해 주인공인
로베르 세르발이 암살되는 소설을 구상하고, 또 소설 속 소설의 제목
에 53일이라는 단어가 들어가는 것 등등은 모두 페렉의 『53일』에서
서술되었던 내용이다. 한술 더 떠, 루보는 『어제 여행』에 작가 페렉을
직접 등장시켜 주인공 데니스 보라드와 만나게 한다. 페렉은 데니스
보라드에게 자신이 집필하고 있는 소설에 대해 들려주는데, 그 소설
은 바로 "특히 스탕달의 작품인 『파르마의 수도원』이 중요한 역할"을
담당하는 『53일』이다.

87

　『겨울 여행/어제 여행』에 등장하는 이 세 개의 '표절 이야기'를
따라가다보면, 표절과 창작에 대한 페렉과 루보의 입장을 어느 정도
파악하게 된다. 그것은 곧 울리포 그룹의 입장이기도 하다. 일단, 『어
제 여행』에 등장하는 보들레르의 표절 이야기는 단순 표절 내지는 사
기 사건을 다루는 것이라 할 수 있다. 재구성의 의지도, 오마주의 의
도도, 변주를 통한 창작의 시도도 없는 다시 쓰기는 단순한 표절에 지
나지 않는다. 어떤 이유에서 루보가 프랑스 문학을 대표하는 최고의
시인에게 그런 불명예를 안겨주는지는 알 수 없지만, 이 보들레르의
표절 이야기는 궁극적으로 『겨울 여행』에서 표명되는 페렉의 입장을
더욱 명확하게 드러내주기 위해 동원된 예라고 볼 수 있다. 그다음으
로, 페렉의 『53일』에 대한 루보의 표절(?)은 페렉을 기억하고 페렉에
대한 오마주를 표하는 의도적인 다시 쓰기라 할 수 있다. 루보의 다
시 쓰기가 갖는 각별한 의미에 대해서는 아래에서 다시 설명할 것이

다. 따라서 중요한 것은,『겨울 여행』의 표절 이야기에서 드러나는 페
렉의 입장이다. 19세기 후반 프랑스의 위대한 시인들이 한 무명 시인
의 시집에서 한 구절씩 시구를 가져와 자신의 시에 삽입했다는 이야
기는, 한편으로는 미리 앞서간 표절의 이야기이지만, 다른 한편으로
는 모든 현대 작가들의 글쓰기 작업을 가리키는 이야기일 수도 있기
때문이다. 페렉 스스로 글쓰기란 '이미 쓰인 모든 작품에 대한 독서'
에서부터 출발한다고 자주 강조한 바 있다. "모든 텍스트는 인용문들
의 모자이크이며 모든 텍스트는 다른 텍스트의 병합이자 변형이다"
라는 줄리아 크리스테바Julia Kristeva의 언급처럼(『세미오티케』), 페렉
에게 있어서도 글쓰기란 결국 "타자의 내재화" 작업이며 하나의 작
품은 작가가 읽은 모든 책의 단편들이 마치 조각처럼 서로 끼워 맞춰
져 있는 "거대한 하나의 퍼즐"이다. 요컨대, 페렉은『겨울 여행』에서
미리 앞서간 표절을 얘기하면서도 동시에 현대 작가들의 글쓰기 작
업 자체를, 즉 더이상 새로운 것의 창작이 불가능한 상황에서 인용과
다시 쓰기를 글쓰기의 근본 양식처럼 삼아야 하는 그들의 숙명을 얘
기하고 있다.

이토록 황홀한 거짓말...! 진실과 거짓, 실재와 허구 사이

미리 앞서간 표절이라는 설정에서부터 시작되는『겨울 여행 / 어제 여
행』의 의도는 단지 표절인가 창작인가의 논쟁을 부각시키는 데만 있
는 것은 아니다. 진짜 의도는, 어쩌면 거대한 픽션의 세계로 독자들을
초대해 그곳을 떠돌아다니게 하는 데 있는지도 모른다. 그러니까 이
책의 진짜 재미는, 표절이냐 아니냐를 따지는 것보다 두 영민한 작가
들의 안내를 따라 실재와 허구가 뒤섞인 또다른 세계를 탐사하는 데
있다고도 할 수 있는 것이다.

　　작가로서 페렉은 늘 진실과 거짓, 실재와 허구 사이에서 줄타기
를 즐겼다. 사실만을 얘기하는 혹은 진실만을 추구하는 기존 작가들

의 오랜 강박관념을 일찍이 떨쳐버렸고, "사실을 가장하는 행위의 즐거움과 짜릿함"(『어느 미술애호가의 방』)을 글쓰기의 큰 즐거움으로 삼았다. 일견 진실과 솔직함만을 추구할 것 같은 국내외 숱한 작가들도 소설 창작의 즐거움은 '거짓말하는 즐거움'에 있다고 하지 않았던가! 나아가, 페렉은 세상의 모든 지식에 대한 그의 왕성한 소화 능력을 십분 활용해, 동시대 일군의 작가들처럼 '거짓 현학fausse érudition'을 글쓰기의 한 양식으로 즐겨 사용했다. 『인생사용법』에 나열되는 그 무궁무진한 지식과 자료를 상기해보라. 또 『어느 미술애호가의 방』에서 장황한 설명이 덧붙은 수많은 회화작품을 떠올려보라. 페렉 자신이 밝힌 것처럼, 이중 상당수는 소설의 이야기를 위해 그가 고안해낸 '가짜' 사실들이다. 마찬가지로, 페렉은 『겨울 여행』에서도 진짜인지 가짜인지 알 수 없는 각종 근거와 사실을 들이대며 위대한 프랑스 시인들을 표절자로 만들어놓는다. 루보 역시 페렉의 자료들을 이어받고 거기에 또다른 자료들을 더해 보들레르를 악의적인 표절자이자 위선자로 만들어놓는다. 이 두 울리포 작가는 마치 사전에 모의라도 한 듯이 그럴듯하고 사실임직한 자료들을 잔뜩 늘어놓으면서 독자들로 하여금 그들의 (거짓)말을 믿어야 할지 말아야 할지 망설이게 만들고 있다. 그리고 독자들이 믿거나 말거나, 이들은 자신의 이야기들을 명백한 진실이라 주장하면서 진실과 거짓 사이에서 교묘한 숨바꼭질 놀이를 벌인다.

진실과 거짓, 실재와 허구 사이에서 펼쳐지는 이들의 '글쓰기-유희'에는 또다른 이유가 있다. 페렉과 루보에게 글쓰기란 그 자체로 "작가와 독자 사이의 놀이"이기 때문이다. 이 또한 울리포 그룹의 입장 중 하나인데, 잘 알려진 것처럼 울리포 작가들은 문학 밖에서 통용되던 각종 규칙을 문학 형식으로 도입하고 복잡한 수학적, 물리학적 공식을 글쓰기 규칙으로 설정하기를 그들만의 '규범'으로 삼았다. 또 레몽 크노Raymond Queneau, 프랑수아 르 리오네François Le Lionnais, 이탈로 칼비노Italo Calvino 등의 작품들이 보여주듯, 온갖 진짜 / 가짜 지식을 기반으로 거짓과 진실, 실재와 허구의 경계를 자유롭게 넘나들며 독자적인 허구 세계 구축을 목표로 삼았다. 물론 이들의 이러한 유희적 글쓰기는 문학이 더이상 진실을 밝혀줄 수 없고 인간과 세계에 대해 어떤 판단도 내릴 수 없다는 절망적 인식에서 출발하는 것으로, 몰사회적이고 몰역사적이라는 비판을 받기도 했다. 그러나 다른 한편으로 이들이 보여준 글쓰기의 유희성은 문학적이면서도 비문학적인, 새로운 유형의 상상력을 이끌어낼 수 있는 동력이자 언어의 다양한 가능성과 표현력을 탐구할 수 있는 정신으로 평가받기도 한다. 페렉과 루보 역시 이러한 유희적 글쓰기를 새로운 유형의 상상력과 언어적 탐사를 가능케 하는 수단으로 삼았다. 특히 페렉에게 놀이로서의 글쓰기는 『W 또는 유년의 기억』의 소소한 고백들이 들려주듯 '삶이라는 절대적 공허'에 맞서게 해주는 수단이었으며, 일상의 모든 요소를 기록하고자 했던 그의 지루한 글쓰기 과정을 견디게 해준 버팀목이었다. 제라르 주네트Gérard Genette의 말대로, 세상의 모든 놀이jeu에는 항상 유희적인ludique 면과 진지한sérieux 면이 있기 마련이다(『팔랭프세스트_Palimpsestes_』).

글(인생)을 함께 쓴 이들의 우정—V의 이야기, 또는 V의 기억

위에서 잠시 언급했듯, 루보의 『어제 여행』에 등장하는 드니 보라드의 이야기 중 일부는 페렉의 유작인 『53일』의 이야기를 약간만 바꾼채 그대로 요약해놓은 것이다. 그런데 실제로 페렉이 미완의 상태로 남긴 『53일』의 원고를 모아 한 권의 책으로 출간한 이가 바로 루보다. 페렉의 또다른 절친한 친구인 해리 매슈스와 함께, 루보는 페렉이 남긴 자료를 바탕으로 『53일』의 미완 부분을 초고 형태로나마 복원시켰다. 페렉은 그의 생애 마지막 시기에 시작한 이 소설을 무척이나 완성하고 싶어했다. 1981년 페렉은 브리즈번 대학의 초청을 받아 호주로 떠나기 전에 그의 연인인 카트린 비네Catherine Binet에게 "53일 동안 책 한 권을 쓰기 위해 호주로 떠날 거야"라는 말을 남긴다. 스탕달이 『파르마의 수도원』을 52일 만에 쓴 것처럼, 그 또한 이 소설을 호주 체류 기간인 53일 동안 완성하고 싶었던 것이다. 그러나 이 계획은 실현되지 못한다. 도시들을 떠도는 순회강연과 잦은 모임 등으로 시간을 많이 갖지 못한데다, 그의 건강 또한 점차 나빠지기 시작했기 때문이다. 페렉은 호주 체류 기간 내내 소설 『53일』을 위한 구상 노트들과 집필 원고들을 가지고 다녔지만, 별다른 진전을 시키지 못한다. 파리에 돌아와서도 책의 집필은 건강의 악화로 더딘 속도로 진행되다가 결국 죽음의 순간까지 끝을 맺지 못한다. 루보는 페렉의 이 고통스럽고 지난한 집필 과정을 내내 지켜보았고, 그의 사후 해리 매슈스와 힘을 합쳐 친구의 마지막 염원을 이루어준다.

91

　잘 알려진 것처럼, 페렉과 루보의 우정은 각별했다. 1960년대 중반 울리포 그룹의 활동을 통해 교류를 시작한 이들은 시간이 지날수록 문학적 동료이자 가장 가까운 친구로 우정을 쌓아간다. 평소 다정다감하고 사람을 좋아했던 페렉에게는 지인과 친구가 많았지만, 스스럼없이 속내를 털어놓으면서도 글쓰기의 고통을 함께 나눌 수 있는 문인 친구는 그리 많지 않았다. 그렇기에, 페렉은 죽음의 순간이 다가올수록 연인인 카트린 비네와 두 친구 자크 루보, 해리 매슈스에게 남은 생의 시간을 대부분 할애한다. 그런데 이미 『53일』의 출간을 통해 페렉의 못다 이룬 소원을 실현시켜주었던 루보가 『어제 여행』에 다시 그 이야기를 삽입한 이유는 무엇일까? 굳이 소설 『53일』의 내용을 『어제 여행』 이야기의 일부로 차용한 이유는 무엇일까? 그것은 바로 『53일』이 페렉의 자전적 요소와 페렉이 아꼈던 특별한 이야기를 담고 있기 때문이다.

　이차대전 당시, 페렉은 독일인의 유대인 박해를 피해 그의 고모 부부를 따라 프랑스 남동부의 비야르드랑스Villard-de-Lans라는 마을에

피신해 있었다. 아버지는 이미 전사한 후였고, 어머니는 아우슈비츠로 끌려가 생사를 알 길이 없었다. 그런데 『53일』의 이야기에서처럼, 그리고 『어제 여행』의 드니 보라드 이야기에서처럼, 페렉이 머물던 지역에 실제로 연합군의 낙하산 부대가 투하된다. 정확히는 베르코르 고원Plateau du Vercors 지대로, 소설에서 말하는 '그랑드 샤르트뢰즈 산악지대'와 인접한 곳이며, 페렉이 머물던 비야르드랑스는 그 고원지대에 속하는 네 마을 중 하나였다. 연합군의 투입은 얼마 후 전쟁 승리와 프랑스 해방으로 이어졌고, 따라서 어린 페렉의 기억에 낙하산 부대는 일종의 희망의 상징처럼 남게 된다(페렉이 훗날 군복무로 낙하산 부대를 자원한 것도 이와 연관된다). 한편, 『53일』과 『어제 여행』에서처럼, 이러한 승리의 과정에도 불구하고 베르코르 지역에 투하되었던 군인 중 칠백여 명이 알 수 없는 이유로 독일군에게 몰살당하는 사건이 발생한다. 당시 지역 주민들 사이에서는 군대 내에 분명 배신자가 있을 것이라는 소문이 퍼지는데, 이 '배신 이야기' 역시 어린 페렉의 기억에 선명하게 새겨진다. 다시 말해, 『어제 여행』에 재등장하는 『53일』의 이야기는 어린 시절 페렉에게 커다란 희망과 동시에 묘한 흥분을 가져다주었던, 그래서 언젠가는 그 자신이 "스릴러 형태의 문학"으로 구현하고 싶어했던 "V의 이야기histoire de V(ercors)"인 것이다.

하지만 'V의 이야기'는 페렉에게 단지 희망과 흥분의 기억으로만 남아 있는 것은 아니었다. 그 이야기의 이면에는 정반대의 기억 또한 새겨져 있다. 비야르드랑스에 머물던 유년기의 페렉은 세상에 홀로 던져진 존재로서 설명할 수 없는 두려움과 절망에 시달린다. 얼굴도 생사도 알 수 없는 부모에 대해 그는 단지 이름만 기억하고 있었는데, 어느 날 우연히 인근 농장에서 나무 자르는 도구의 일종인 X자형 받침대가 "성 앙드레의 십자"라는 이름으로 불리는 것을 알게 된다. '앙드레'는 그가 잘못 기억하고 있던 그의 아버지의 이름이었다. 그후,

페렉에게 'X'는 곧 부재하는 아버지를 가리키는 기호가 된다. 그런데 특이하게도 페렉은 X를 두 개의 'V'가 서로 꼭지를 맞대고 있는 형상으로 보게 되고, 그로부터 다양한 V의 조합 이미지를 공상하는 놀이를 즐긴다. 특히, 두 개의 V가 서로 나란히 붙어 있는 'W'의 이미지는 그의 기억 속에 오래도록 남게 된다. 아버지를 나타내는 X의 이미지와 아버지와 무관한 무수한 V의 조합 이미지…… X와 V의 조합들 사이, 혹은 X와 W 사이의 이러한 불일치는 그의 기억과 상상을 결코 떠나지 않으며, 그의 글쓰기의 영원한 테마가 된다. 예를 들어, 퍼즐 제작 장인인 윙클레(윙클레Winckler라는 이름 또한 이중의 V, 즉 W로 시작한다)가 연출하는 『인생사용법』의 마지막 장면을 상기해보라. 93

> 지금은 1975년 6월 23일이고, 이제 저녁 8시가 되려고 한다. 바틀부스는 자신의 퍼즐 앞에 앉은 채 막 숨을 거두었다. 테이블보 위에는 439번째 퍼즐이 놓여 있다. 이 퍼즐의 황혼녘 하늘에 해당하는 한 부분에는 아직 채워지지 않은 단 하나의 퍼즐 조각으로 인한 검은 구멍이 거의 완벽한 X자 형태를 형성하고 있다. 그러나 죽은 바틀부스의 손가락 사이에 끼어 있는 조각은, 오래전부터 그의 아이러니한 삶을 통해 예상할 수 있었던 것처럼 W자 형태를 취하고 있다.(『인생사용법』, 656쪽)

이처럼 페렉에게 'V의 이야기'는 낙하산 부대와 배신자를 중심으로 펼쳐지는 모험과 흥분의 이야기이자, X자와 V의 조합 이미지들이 가리키는 것처럼 '부재하는 가족' 또는 '홀로 남겨진 유년기'에 대한 기억의 이야기이다. 루보는 물론 이 V의 이야기의 이중적 의미를 잘 알고 있었다. 그리고 V의 이야기에 대한 페렉의 끝없는 집착도 알고 있었다. 따라서 루보는 세상을 떠난 친구를 대신해 미완의 유작

『53일』을 완성시키고, 『겨울 여행 / 어제 여행』에도 V의 이야기를 퍼즐의 마지막 조각처럼 한번 더 끼워넣는다. 마지막까지 그 이야기와 그 기억을 버리지 못했던 페렉의 내상內傷을 누구보다 잘 알고 있었기 때문이다. 루보에게 『어제 여행』의 집필은 "가장 사랑하고 가장 존경했던" 친구를 진정으로 떠나보내는 그만의 방식이었을 것이다. 덧붙여, '어제 여행Voyage d'hier'에서 '겨울 여행Voyage d'hiver'의 'v'가 빠져 있는 것도 의미심장하다. 페렉의 기억을 붙들고 있던 v를 이제는 해방시켜 주고 싶었던 루보의 의도였을까…… 『겨울 여행 / 어제 여행』 내내 이어지던 v와 h의 끝없는 유희는 이렇게 'V의 이야기histoire de V'로 일단락지어질 수 있다.

94

두 사람이 함께 한 편의 소설을 쓰는 것은 아마도 우정의 가장 빛나는 형태 중 하나일 것이다. 페렉의 이른 죽음으로 두 사람은 생전에 함께 소설을 쓰지는 못했지만, 페렉의 사후 십 년이 지난 즈음에 루보가 그것을 실현시켰다. 일단 단독으로 『어제 여행』을 발표했지만, 그것은 그의 말처럼 어디까지나 먼저 쓰인 『겨울 여행』과의 결합을 전제로 하는 것이었다. 페렉과 루보가 함께 쓴 『겨울 여행 / 어제 여행』은 프랑스 문학사의 이면을 여행하는 기발한 모험담이자, 표절·창작·다시쓰기에 대한 유쾌하면서도 진지한 담론이며, 페렉의 작가적 여정과 개인적 기억을 다시 한번 호출해 새겨두려는 애틋한 추모의 글이라 할 수 있다.

역자로서, 이 작품이 페렉의 선집에 한 자리를 차지할 수 있어 기쁘게 생각한다. 이 책의 출간으로 페렉 문학의 내면과 외면이 더욱더 풍요롭게 조명될 수 있을 것으로 기대한다. 책이 출간되기까지 문학동네 식구들의 많은 도움을 받았다. 오래전부터 이 책에 깊은 관심을 가져주고 책의 출간을 이끌어준 고원효 부장에게 감사드린다. 그리고 꼼꼼하고 세심한 교정으로 번역의 미진한 부분을 보완해주고 책의 가치를 높여준 송지선 편집자에게 감사의 마음을 전한다.

지은이 조르주 페렉Georges Perec
1936년 파리에서 태어났고 노동자계급 거주지에서 어린 시절을 보냈다. 이차대전에서 부모를 잃고 고모 손에서 자랐다. 소르본 대학에서 역사와 사회학을 공부하던 시절 『라 누벨 르뷔 프랑세즈』 등의 문학잡지에 기사와 비평을 기고하면서 글쓰기를 시작했고, 국립과학연구소의 신경생리학 자료조사원으로 일하며 글쓰기를 병행했다. 1965년 첫 소설 『사물들』로 르노도 상을 받고, 1978년 『인생사용법』으로 메디치 상을 수상하면서 전업 작가의 길로 들어섰으나, 1982년 45세의 이른 나이에 기관지암으로 작고했다. 길지 않은 생애 동안 『잠자는 남자』 『어렴풋한 부티크』 『공간의 종류들』 『W 또는 유년의 기억』 『나는 기억한다』 『어느 미술애호가의 방』 『생각하기/분류하기』 『겨울 여행』 등 다양한 작품을 남기며 독자적인 문학세계를 구축한 페렉은, 오늘날 20세기 프랑스 문학의 실험정신을 대표하는 작가로 꼽힌다.

지은이 자크 루보Jacques Roubaud
1932년 론의 칼뤼레퀴르에서 태어났다. 카르카손에서 유년기를 보낸 후, 1944년 해방과 함께 가족을 따라 파리로 이주했다. 루이 아라공의 추천으로 열두 살에 첫 시집 『청춘의 시들』을 출간하는 등 어릴 때부터 시재詩才를 보였다. 이후 진로를 바꿔 수학 연구에 매진하나, 1961년 동생의 자살로 충격을 받은 후 다시 창작의 길로 돌아온다. 1966년 레몽 크노의 추천으로 울리포에 가입하면서 본격적으로 활동한다. 아내의 죽음을 기리며 펴낸 정교한 섹스틴 양식의 시집 『검은 어떤 것』으로 '프랑스 퀼튀르 상'을 받았다. 또 그에게 새로운 창작의 전환이 된 일명 '기획'시리즈는 중세 음유시인풍의 시적 형식과 수학적 제약을 통해 자전적 삶을 풀어냄으로써 크게 주목받았고, 섹스틴 양식으로 써내려간 소설 '오르탕스'시리즈도 독특한 실험소설로 손꼽힌다. 50년 가까이 울리포 일원으로서 꾸준히 작품을 발표하고 있는 울리포 문학의 산증인이자 가장 열정적인 실천가다.

옮긴이 김호영
서강대학교 불어불문학과를 졸업하고 프랑스 파리 8대학에서 조르주 페렉 연구로 문학 박사학위를, 고등사회과학연구원EHESS에서 영화학 박사학위를 받았다. 현재 한양대학교 프랑스언어문화학과 교수로 재직중이다. 지은 책으로 『프레임의 수사학』 (2022), 『아무튼, 로드무비』(2018), 『영화관을 나오면 다시 시작되는 영화가 있다』(2017), 『영화이미지학』(2014), 『패러디와 문화』(공저, 2005), 『유럽영화예술』(공저, 2003), 『프랑스 영화의 이해』(2003) 등이 있고, 옮긴 책으로 『인생사용법』(2012), 『어느 미술애호가의 방』 (2012), 『시점—시네아스트의 시선에서 관객의 시선으로』(2007), 『영화 속의 얼굴』(2006), 『프랑스 영화』(2000) 등이 있다.

조르주 페렉 선집 4
겨울 여행/어제 여행

1판 1쇄   2014년 9월 25일
1판 2쇄   2023년 6월 29일

지은이   조르주 페렉
옮긴이   김호영

기획   고원효
책임편집   송지선
편집   허정은 김영옥 고원효
디자인   슬기와 민
저작권   박지영 형소진 최은진 오서영
마케팅   정민호 김도윤 한민아 이민경 안남영
          김수현 왕지경 황승현 김혜원 김하연
브랜딩   함유지 함근아 박민재 김희숙 고보미
          정승민 배진성
제작   강신은 김동욱 임현식
제작처   영신사(인쇄) 신안제책사(제본)

펴낸곳   (주)문학동네
펴낸이   김소영
출판등록   1993년 10월 22일 제2003-000045호
주소   10881 경기도 파주시 회동길 210
전자우편   editor@munhak.com
대표전화   031-955-8888
팩스   031-955-8855
문의전화   031-955-1927(마케팅)
          031-955-2646(편집)
문학동네 카페   http://cafe.naver.com/mhdn
북클럽문학동네   http://bookclubmunhak.com
인스타그램   @munhakdongne
트위터   @munhakdongne

ISBN   978-89-546-2584-5 03860

이 도서의 국립중앙도서관 출판예정도서목록(CIP)은
e-CIP 홈페이지(http://www.nl.go.kr/ecip)와
국가자료공동목록시스템(http://www.nl.go.kr/
kolisnet)에서 이용하실 수 있습니다.
(CIP 제어번호: CIP2014025935)

www.munhak.com